ジュディ・モードとなかまたち＊11

ジュディ・モード、ラッキーになる！

メーガン・マクドナルド 作

ピーター・レイノルズ 絵

宮坂宏美 訳

小峰書店

JUDY MOODY AND THE BAD LUCK CHARM
by Megan McDonald
Illustrated by Peter H. Reynolds

Published by arrangement with Walker Books Limited, London SE11 5HJ through Japan UNI Agency, Inc., Tokyo

わたしの幸運のお守り、
ジョーダンとクロエへ
M.M.

ぼくの才能ある友人、
メーガン・マクドナルドへ
P.H.R.

目《もく》次《じ》

でてくる人たち

ジュディ・モード

ラッキーな三年生の
ミニブタ・シッター。
うなり小屋《こや》の女王。

お父さん

単語《たんご》リストを助《たす》けだす人。

お母さん

地図を読むのがとくいな人。

スティンク

スーパー・クローのタイムキーパー。
ミニブタ・シッターのあいぼう。

この本に

親友で、一番の練習《れんしゅう》相《あい》手《て》。

ガターをだすボウリングなかま。

ベリーメリーなつづりの天才。

このコブタちゃんはＤＣ《ディーシー》へ。

ジュディ・モードとなかまたち✖11

ジュディ★モード、ラッキーになる！

ラッキー・コイン

ジュディ・モードは、一セントのコインを持《も》っていました。ただのコインじゃありません。どこにでもあるリンカーン大統領《だいとうりょう》の絵のコインとはちがいます。幸運《こううん》をよぶ、ラッキー・コインです！

ジュディたち家族《かぞく》は、ルーおばあちゃんといっしょに外で朝ごはんを食べようと、〈いかだにのった2ひきのヒヨコ〉というレストランへやってきました。スティンクはもちろん〈銀貨《ぎんか》がざくざくパンケーキ〉を注文《ちゅうもん》しました。

「あたしは、スペシャル料理《りょうり》の〈いかだにのった2ひきのヒヨコ〉にする。それと、〈牛ジュース〉」とジュディ。

「牛ジュース？」と、びっくり顔のスティンク。

ジュディは、おかしな名前ばかり書いてあるメニューを指《ゆび》さしました。

「〈いかだにのった2ひきのヒヨコ〉は目玉焼《めだまや》きがふたつのったトーストのこと、〈牛ジュース〉はミルクのことだよ」

「じゃあ、ぼくも、〈チョコレート牛〉をおねがい」

注文《ちゅうもん》が終《お》わると、ジュディは家族《かぞく》みんなにいいました。

「このあいだ、あたし、ルーおばあちゃんとマウント・トラッシュモア公園にいって、ローラースケートをしてきたでしょ？」

「そのとき、一セントを記念《きねん》コインにつくりかえる機械《きかい》の前を通りかかったのよね」とおばあちゃん。

「うん。そしたらおばあちゃんが、一九七〇年ごろの古い一セントをくれて――」

「大むかしよね。ふふっ」と、またおばあちゃん。

「それを機械《きかい》に入れたら、ほら、みて！」

ジュディは、みんなにコインをみせました。まんなかに蹄鉄《ていてつ》と四《よ》つ葉《ば》のクローバーの絵、そのまわりに〈ラッキー・コイン　マウント・トラッシュモア〉という文字がついています。

スティンクがいいました。

「それのどこがラッキーなの？　ただのつぶれた一セントじゃないか。うへ、車にでもひかれたみたい」

「それでもラッキー・コインなの」とジュディ。「ちゃんとそう書いてあるでしょ。ほら」

「それをつくるのに、いくらつかったのさ？」

「五十一セント」

「五十一セント！　一セントのコインのために、五十一セントもつかったわけ？」

「一セントのラッ、ッ、ッキー・コインだってば」

いかだにのった2ひきのヒヨコ
スペシャル
ドーナツに
のった
3人のやつら
スペシャル

「とくべつなコインよね。記念《きねん》になるわ」とお母さん。

「いいおみやげだな」とお父さん。

ジュディは、ラッキー・コインを指《ゆび》でこすりながらいいました。

「あたし、こういうコインを集《あつ》めることにする。新しいコレクションをはじめるんだ」

「お姉ちゃんが新しく集《あつ》めるのって、バナナのシールじゃなかった？　それと、じょうだんが書いてあるアイスの棒《ぼう》」

「スティンク、あんた、あたしのことをなんでも知ってるつもり？」

「おいおい、けんかはやめてくれよ」

お父さんが、ふたりに注意《ちゅうい》しました。

料理《りょうり》がくるのを待《ま》っているあいだに、ジュディはひらめきました。そういえば、レストランのげんかんにも機械《きかい》があった。あたしが集《あつ》めてるべつのものがつまった、すごい機械《きかい》が。ぬいぐるみのクレーンゲーム！

「ルーおばあちゃん、二十五セントのコイン、持《も》ってる?」

おばあちゃんは、さいふのそこをさぐりました。

「四枚《まい》あったわ。たりるかしら?」

「うん! ありがとう、ルーおばあちゃん!」

「そのコインもつぶしちゃうの?」とスティンク。

「ちがうよ。クレーンゲームの〈スーパー・クロー〉をやるの」

ジュディは、大きなガラスケースがのった機械《きかい》を指《ゆび》さしました。

「やめなよ。むりむり、スーパーむり。うまくいった人なんて、いないんだから」

「まさか、そんなはずないよ。だって、ケースのなかのぬいぐるみが、少なくなってるもん。それに、チャレンジするだけでも楽しいじゃない。やったからって、なにもそんしないし」

「お金をそんするよ!」

「いいから、いこう、スティンク。料理《りょうり》がこないうちに」

ジュディは、コインを持《も》って席《せき》を立ち、レストランのげんかんへいそぎました。

「待《ま》ってよ！」

「一、二、三……ちょうど四枚《まい》だ」

「一回やるのに、二十五セントのコインが四枚《まい》いるの？　つまり、一ドルもかかるってこと？」

「うん。あたしからやるね」

「それじゃ、ぼくはやれないじゃん」

「あたしが負《ま》けたらね。でも勝《か》ったら、無料《むりょう》でもう一回できるよ」

「同じことだよ。ぜったいむり」

「まあまあ、スティンク。どのぬいぐるみにする？」

ジュディは、ガラスケースに鼻《はな》をおしつけました。

「黄色いゾウがいいよ。耳が立ってるから。あ、待《ま》って。青いサル！　じゃなくて、やっぱり緑《みどり》のライオン！」

「むらさきのサイにしよう！」

チャリン、チャリン、チャリン、チャリン！　四枚《まい》のコインがスーパー・クローのなかに入りました。グイーン！　三十秒間《びょうかん》の勝負《しょうぶ》のはじまりです。ジュディはレバーをにぎって、機械《きかい》の長い腕《うで》を動《うご》かし、むらさき色のサイの真上《まうえ》にくるようにしました。

スティンクは、もっとよくみようと、つま先立ちになりました。

「いそいで！　あと二十三秒《びょう》しかないよ」

ジュディは、機械《きかい》の手を動《うご》かしはじめました。

「あと六秒《びょう》！」

スティンクは、さらに身《み》を乗《の》りだします。

ひらいた機械《きかい》の手が、ちょうどサイの角《つの》のあたりにおりました。

「よし！」

ジュディは、レバーについている大きな緑色《みどりいろ》のボタンをおして、サイをしっかりつかみました。

「落《お》とさないでね！」スティンクがいいました。

ジュディはじっと息《いき》をこらしました。かゆいところをかくのも、もぞもぞ動《うご》くのもがまんです。そうっと、そうっと、機械《きかい》の腕《うで》を落《お》とし穴《あな》の上まで動《うご》かして、ぱっとサイをはなしました。サイは穴《あな》をすべりおりて、取《と》り出《だ》し口《ぐち》にでてきました！

ジュディは、取《と》り出《だ》し口《ぐち》のふたをあけ、むらさき色のサイをつか

んで、だきよせました。

「とった！　サイちゃんをゲット！」

「無料《むりょう》でもう一回できるんだよね。つぎはぼくの番だ」

「だめだよ、スティンク」

「えっ、だって、さっき――」

「勝《か》ったのはあたし。あたしがこのスーパー・クローを負《ま》かしたの。つまり、あたしはいま、ツイてるってこと。せっかくのツキをむだにしたいの？」

スティンクは、ううんと首をふりました。

ジュディはポケットに手を入れ、ラッキー・コインを指《ゆび》でこすって、「いくよ」とスティンクに声をかけました。

スティンクはこくんとうなずいて、「いいよ」とこたえました。

ジュディは、あせばんでいる手でスーパー・クローのレバーをにぎり、大きく息《いき》をすいました。

スティンクが、ぬいぐるみのひとつを指《ゆび》さしました。

「オレンジ色の牛。あの牛をねらって！」

ジュディは、あと十七秒《びょう》のところでオレンジ色の牛をなんとかつかみ、そのまま落《お》とし穴《あな》まで運《はこ》びました。

スティンクが、取《と》り出《だ》し口《ぐち》にでてきたオレンジ色の牛を手にとりました。

「またゲット！　お姉ちゃん、すごいや。つづけて二回もスーパー・クローに勝《か》つなんて！」

『無料《むりょう》でもう一回できます。無料《むりょう》でもう一回できます』

機械《きかい》がしゃべっています。

「三回目、やる？」とジュディ。

「うんうん、もちろん！」

スティンクは、こうふんで顔をまっ赤《か》にしています。

「オッケー。じゃあ、スティンクの番。がんばってね」

「えーっ、お姉ちゃんがやってよ！　めちゃくちゃツイてるんだから」

スティンクがそういったので、ジュディはラッキー・コインをとりだし、スーパー・クローの台の上におきました。

「たのんだよ」

コインにむかってささやくと、もう一度《いちど》レバーをにぎりました。

するとこんどは、青いサルをつかみました。機械《きかい》の手が、ふにゃふにゃのしっぽの先をかろうじてつまんでいます。ジュディは、ゆっくり、ゆっくり、レバーをもどしていきました。

「落《お》とさないでよ！　ああ、落《お》っこちそう」とスティンク。

青いサルの頭が、ピンクのカニのはさみにぶつかりました。

「気をつけて！」と、またスティンク。

とうとうジュディがボタンをはなすと、青いサルが落《お》とし穴《あな》に入りました。音楽が流《なが》れ、ライトがぴかぴか光り、『ゲームオーバー！』と機械《きかい》がいいました。

ジュディはむらさき色のサイと青いサル、スティンクはオレンジ色の牛を持《も》って、もとのテーブルへ走りました。

「わあ、お姉ちゃん、つづけて三回もスーパー・クローに勝《か》った！　これって、すごい記録《きろく》なんじゃないかな」

ジュディは、きらめくコインをかかげて、にっこりしました。

「ぜーんぶ、このラッキー・コインのおかげだよ。まちがいなし！」

三つの幸運《こううん》

つぎの日、三つのことがジュディに起《お》こりました。それも、ラッキーなことが三つです。

ジュディは、いつもと同じように目をさましました。いつもと同じように階段《かいだん》をかけおりて、朝ごはんを食べにいきました。

「スティンク、〈ラッキーO《オー》〉をとって」

スティンクは、シリアルのラッキーO《オー》をわたしました。ジュディは、ラッキーO《オー》をボウルに入れて、ミルクをそそぎました。

ラッキーなこと、その一が起《お》こったのは、このときです。
一、二、三、四、五、六、七。いろんな形をしたマシュマロが七つ、ミルクの上にうかびました。
「スティンク、みて！　あたしのマシュマロ、いくつある？」

スティンクはかぞえました。

「七つ？」

「そう、ラッキー・セブン！　七は、いちばんラッキーな数字なんだよ」

「そのラッキーなマシュマロ、もらっていい？」

スティンクは、ジュディのボウルにスプーンをのばしました。ジュディは、スティンクの手をパシッとはらいのけました。

「だめ！　このなかに、むらさきの蹄鉄《ていてつ》のマシュマロがないか、さがすんだから。蹄鉄《ていてつ》って、馬のひづめにつけるやつなんだけど、幸運《こううん》のお守《まも》りにもなるんだって」

ジュディはボウルに指《ゆび》を入れて、むらさきの蹄鉄《ていてつ》の形のマシュマロをつまみあげました。

「ダブルだ！　むらさきの蹄鉄《ていてつ》がふたつくっついてる。ダブルっていうのも、ラッキーなんだよ」

スティンクは自分のボウルをみて、それからシリアルの箱《はこ》のなかをみました。

ラッキーなダブルのマシュマロは、もうありません。

「お姉ちゃんに運《うん》をぜんぶとられちゃった」

スティンクは、アンラッキーなシリアルをひとすくい口に入れて、もぐもぐ食べながらいすによりかかりました。ところがつぎのしゅんかん、ぴたっと動《うご》きをとめて、目をみひらきました。

「なに？　どうしたの？」とジュディ。

「ぼくのラッキー・ケチャップ！　おしりでつぶしちゃった！」

スティンクは、食べかけのシリアルを口に入れたままいいました。

「へ？」

「きのう、レストランで、お姉ちゃんがラッキー・コインをポケットに入れてたでしょ。それをみたら、ぼくもなにかラッキーなものがほしくなったんだ。で、ケチャップが入った小さいふくろをラッキーなものってことにして、おしりのポケットに入れたんだけど、すっかりわすれて、その上にすわっちゃった」

スティンクは、思いきりまゆをひそめて、ズボンがケチャップだらけになったかも、という顔をしました。

「うわっ、みせて！」

ジュディはいいました。

スティンクは立ちあがって、ズボンのおしりにさわりました。思ったとおり、おしりにも、いすにも、ケチャップがべったりついています。

「ほら、ぼくはつしたケチャップを早くこれでふいて」

ジュディはスティンクにふきんをわたして、シリアルの箱《はこ》をとじました。

いたっ！　紙で指《ゆび》を切っちゃった。アンラッキー。けど、おかげで、ばんそう

ラッキー

こうをはれる！　ラッキー！

ジュディは二階《かい》へかけあがって、いろんな形のばんそうこうのコレクションを引っぱりだしました。目玉、ゾンビ、立入禁止《たちいりきんし》テープ、虹《にじ》、おすし、マトリョーシカ人形、トースト！

箱《はこ》をふって、トーストの形のばんそうこうをぜんぶだし、そのなかの一枚《まい》を指《ゆび》にまきつけました。あれ、ちょっと待《ま》って！　なにこれ？　おりたたんだ……お札《さつ》のたばだ！

ぜんぶで十ドルも！　なんでばんそうこうの箱《はこ》のなかに？　きっとスティンクがかくして、そのままわすれちゃったんだ。

でも、そんなのかんけいないもんね。あたし、お金持《かねも》ちになっちゃった！

ジュディは、一ドル札《さつ》を一枚《まい》ずつ指輪《ゆびわ》の形に折《お》りました。お金の指輪《ゆびわ》が十こです！　これが、ラッキーなこと、

その二でした。

同じ日の午後、ジュディと、むらさき色のサイと、青いサルと、ラッキー十ドルは、車に乗《の》せてもらって、〈スターライト・レーン〉というボウリング場までいきました。そこで、ジェシカ・フィンチのたんじょう会がひらかれるのです。

ジュディは、ロビーに入ると、あちこちかけまわって、クレーンゲームのスーパー・クローをさがしました。

「ぼくたちをさがしてるの？」

フランクが、ロッキーといっしょにやってきて、遠くのはしっこにあるレーンを指《ゆび》さしました。ジェシカのお父さんとお母さんがボウリングをしていて、ジェシカが手をふっています。

「みんな、あそこにいるよ」

「その前に、あたし、スーパー・クローをさがしたくて」

ジュディは、むらさき色のサイと青いサルをふたりにみせました。ラッキーなことがつづいているという話もして、両手《りょうて》を広げました。どの指《ゆび》にも、お金の指《ゆび》輪《わ》がはめられています。ぜんぶで十ドルあるので、スーパー・クローが十回できます！

「これで、ぬいぐるみをどっさりとれるよ！」

ジュディがいうと、ロッキーもフランクも、いっしょになってスーパー・クローをさがしはじめました。

「どこにもないよ」とロッキー。

「どこにもないね」とフランク。

あーあ、がっかり。

ジェシカが、三人のところへかけよってきました。

「ハイ、ジュディ！　ねえ、ボウリング場でたんじょう会なんて、すごいでしょ。

いこう、みんな。ストライク・チャンピオン・チャレンジがはじまるわよ」

みんなは、はしっこのレーンへいそぎました。

「こんにちは」

ジュディは、ジェシカのお父さんとお母さんにあいさつしました。

「やあ、よくきてくれたね」

ジェシカのお父さんがいいました。

「そのボウリングのピンのもよう、すてきね」

ジェシカのお母さんがにっこりして、ジュディがはいてきたパジャマのズボンをほめました。

「ありがとうございます！」

とつぜん、ボウリング場が暗《くら》くなりました。スピーカーから音楽が流《なが》れ、カラフルなライトがレーンのあちこちをてらします。

「ワオ！」とジュディ。

マイクを通して、だれかの声がきこえてきました。

「さあ、やってきました。ストライク・チャンピオン・チャレンジの時間です。今回のちょうせん者《しゃ》はだれだ？」

みんなは、わーっともりあがりました。

「いつものとおり、ボールを投《な》げるのは三回。チャンピオンになるには、ストライクが一回でも二回でもだめ。三回つづけなければなりません」

「ひゃー」とフランク。

ボウリングのピンの着《き》ぐるみを着《き》て、マイクを持《も》ったお兄さんが、ジュディたちのところへやってきました。

「たんじょう日のジェシカ、チャレンジするじゅんびはできているかい？」

「いつでもオッケー！」

「じゃあ、バースデー・パーティーのはじまりだ！」

お兄さんがそういうと、ほかのお客《きゃく》さんたちも、おうえんに集《あつ》まってきました。

「がんばれ！」

「いけいけー！」

ジェシカが、最初《さいしょ》のボールを投《な》げました。

「おっと、ピンがのこった。この形は、ベビーだ！」

着《き》ぐるみのお兄さんがいいました。

ピンがどういう形にのこるかで、よびかたがちがっていて、ビッグ・イヤー（大きな耳）、スネーク・アイ（ヘビの目）など、おもしろい名前がいろいろあるようです。

「さあ、二回目のチャレンジ」とお

兄さん。

ジェシカは、もう一度《いちど》ボールを投《な》げました。

「パウダー・パフだ！　ざんねん。でも、いけるよ。せっかくのたんじょう日、最後《さいご》にがんばって」

ジェシカは、三回目のボールを投《な》げました。

「ああ、三番、七番、十番のピンがのこった。この形はクリスマスツリーだ。いいところまでいったのに、おしかったね」

つぎのちょうせん者《しゃ》は、ロッキーです。

「さあ、成功《せいこう》するかな？」とお兄さん。

ロッキーは、最初《さいしょ》にピンを三本、二回目に五本たおしました。三回目のボールを投《な》げると、お兄さんがさけびました。

「キング！　まんなかの一本だけのこった。おしい！」

つぎは、フランクがチャレンジしました。

「一回目はクリーパー。二回目はスリーパー。三回目は一本もたおせず、ガター。はい、つぎ！」

とうとうジュディの番になりました。ジュディはレーンにあがって、ラッキー・コインをこすりました。それからボールをこすって、正面《しょうめん》に持《も》ち、位置《いち》につきました。目をこらして、片方《かたほう》の腕《うで》を引き、ボールをほうりなげます。

「これはいいコースだぞ……やった、ストライクだ！　ついに成功者《せいこうしゃ》がでました。しかし、つぎもうまくいくかな？」

ジュディは、もう一度《いちど》ボールを投《な》げました。

「ダブルだ！　二回つづけてストライクがでました！〈あたしはサメを食べた〉T《ティー》シャツを着《き》たこの少女に、どうやらツキがまわってきたようです。三回目のボールも、みごとストライクとなるのか？　それとも、ここでガターをだしてしまうのか？」

ジュディは、最後《さいご》のボールを投《な》げました。ボールは左へ右へとそれたあと、スピードをあげてまっすぐ進《すす》んでいきました。バコーン！　ピンはみごと、十本ともたおれました。

カラフルなライトがぴかぴか光り、ラッパの音が鳴りだしました。まわりに集《あつ》まっていたみんなは、おおもりあがりです。

「ターキーがでました！」

お兄さんがさけびました。

「ターキーって、七面鳥《しちめんちょう》のことでしょ？　ピンがぜんぶなくなったのに、どこが七面鳥《しちめんちょう》なの？」

ジュディがいうと、ジェシカのお父さんとお母さんがわらいました。

「三回つづけてストライクをだすことをターキーっていうんだよ」

お兄さんがそういって、ジュディの片方《かたほう》の腕《うで》を高く持《も》ちあげました。まるで試《し》合《あい》に勝《か》ったボクサーです。

「さすがチャンピオン、ピンをたおしまくっても、まだピンピンしてますね」

みんなは、どっとわらいました。

お兄さんは、七面鳥《しちめんちょう》の鳴きまねをしながら、頭をひょこひょこ動《うご》かしておどりました。それから、ぐるんぐるんと側転《そくてん》して、三つのレーンを横切《よこぎ》りました。

「おめでとう、サメT《ティー》さん。きみの名前をボウリングのピンに書いて、チャンピオン・コーナーにかざっておくからね」

「わあ、すごい！」とジェシカ。

「ダブルすごい！」とロッキー。

「トリプルすごい！」とフランク。

「ほんとにすばらしかったわ」とジェシカのお母さん。

「バースデー・パーティーにご参加《さんか》のみなさんには、ペンライトをさしあげます」とお兄さん。「たんじょう日のジェシカには、ビニール製《せい》のボウリングのピンをプレゼントするよ」

「ありがとう！」とジェシカ。

ストライク・チャンピオン・チャレンジ
トイレ
リーグのお知らせ

シューズ
あたいはサメを食べた

「じゃあ、パーティーのごちそうをこっちへ。ケーキもわすれずにね！」

みんなでマカロニチーズや、チョコレートソースつきのプレッツェルを食べているとき、ジェシカがいいました。

「ねえ、ジュディ、わたしのボウリングのピンにサインしてくれない？」

ジュディは、さらさらっとジェシカのピンにサインしました。

「ジュディって、ほんとにラッキーね」とジェシカ。

「ねえ、ぼくたちがだしたのって、クリスマスツリー、キング、あとなんだっけ」とフランク。「パウダー・パフは、ガターのことだよね」

「はあ？」とロッキー。

「まあ、いいや。とにかく、あのお兄さんがいってた名前、おもしろかったなあ。三、七、十がのこったらクリスマスツリー。まんなかの一本だけがのこったらキング」

「あたしのストライクはぜんぶ、このラッキー・コインのおかげだよ」

ジュディは、コインをかかげて、チュッとキスをしました。

「ラッキーって名乗《なの》ってもいいくらいだよね」

フランクがいいました。

「じゃあ、これからはジュディ・ラッキー・モードってよんで」

ジュディはこたえました。

波《なみ》に乗《の》って

月曜日の朝の休み時間、フランクがジュディにききました。

「今日、学校でもなにかラッキーなことが起《お》こると思う？」

「うん、もちろん」

「たとえば？」とロッキー。

「たとえば……図書室からかりて、なくした、ナンシー・ドルー・シリーズの『こわれた首かざり』がみつかるとか、フランクがあたしの〈プンスカくんえんぴつ〉を返《かえ》してくれるとか」

「やばっ」

フランクは、つくえのなかをさぐりました。

「あとは、モルモットのピーナッツを今週末《こんしゅうまつ》につれてかえる係《かかり》にえらばれるとか、トッド先生が英語《えいご》のつづりのテストをやめてくれるとか」

「それ、いいね」とロッキー。「けど、先生がテストをやめるなんて、学校にかみなりが落《お》ちて、火がついて、みんなでひなんすることになったときぐらいじゃない？」

そのとき、トッド先生が教室の電気をパチパチさせました。

「みんな、席《せき》について。授業《じゅぎょう》をはじめるよ」

そういって、つくえによりかかります。

「今日は、つづりのテストをするかわりに――」

「やっぱり！」ジュディは、とっさによろこびました。

「わあ、今日もラッキーだね」フランクも、ひそひそ声でいいます。

「なにかいったかい？　話のじゃまをする子には、また教室の外にでていってもらうよ」

「すみません」

ジュディは口にチャックをしました。

「話のつづきだが、今日は、つづりのテストをするかわりに、〈単語《たんご》つづりバチ大会〉の練習《れんしゅう》をする。知ってのとおり、クラスの大会まで、あと一週間だ。優勝者《ゆうしょうしゃ》は、ほかのクラスの優勝者《ゆうしょうしゃ》といっしょに、このバージニア・デア小学校の三年生代表《だいひょう》と

して、今月末《こんげつまつ》にひらかれる学校対抗《たいこう》の大会にでることになる」

「どうせ、ジェシカ・フィンチがＪＢ《ジェイビー》ですよね」とジュディ。

「ＪＢ《ジェイビー》？」と、顔をしかめるトッド先生。

「女王バチです」

「それはわからないぞ。いっしょうけんめいがんばれば、だれにだってチャンスがあるんだから。優勝《ゆうしょう》して、三年Ｔ《ティー》組の代表《だいひょう》になって、ワシントンＤＣ《ディーシー》にいけるチャンスがね」

ワシントンＤＣ《ディーシー》！ それって、大統領《だいとうりょう》が住《す》んでて、医学博物館《いがくはくぶつかん》があって、でっかい巨人《きょじん》の顔が地面《じめん》からつきだしてるところだよね？ スティンクがいけて、あたしがいけなかった、ホワイトハウスがあるところ！

ジュディは、ほんとうにいけたら、なんてラッキーだろうと思いました。口にチャックなんて、もう一秒《びょう》だってしていられません。

そこで、さっと手をあげました。

「トッド先生、いま、ワシントンＤＣ《ディーシー》っていいましたよね？」

「ああ、いったよ。学校対抗《たいこう》の大会は、ワシントンＤＣ《ディーシー》にある姉妹校《しまいこう》、オーチャード小学校でひらかれる予定《よてい》だ」

「ワシントンＤＣ《ディーシー》にはホワイトハウスがあるって、知ってました？」とジュディ。

「ああ、もちろん知ってるよ」と、笑顔《えがお》のトッド先生。

「じゃあ、医学博物館《いがくはくぶつかん》もあって、そこにリンカーン大統領《だいとうりょう》のほんものの骨《ほね》がかざられてるって、知ってました？」

「それは知らなかったなあ。びっくりだね」

「はい。頭の骨《ほね》のかけらなんです。うそじゃありません」

「うえっ！」

「気持《きも》ちわるい！」

クラスのみんながいいました。

「いやあ、もしかしたら、このなかのだれかが、その骨《ほね》をみることになるかもしれないぞ」

トッド先生は立ちあがって、気合いを入れるように両手《りょうて》をこすりあわせました。

「よし、みんな、大会の練習《れんしゅう》をはじめよう。ここまで何週間か勉強《べんきょう》してきた単語《たんご》のリストのなかから出題《しゅつだい》するよ。名前をよばれたら、前にでてきて、クラスのみんなのほうをむくこと。そして、出題《しゅつだい》された単語《たんご》のつづりをいって、その単語《たんご》をつかった文章《ぶんしょう》をつくること。いいね？」

ジュディは、単語《たんご》のつづりのことなんて頭にありませんでした。ワシントンDC《ディーシー》にいきたいという気持《きも》ちでいっぱいだったのです。でっかくてクールな都市《とし》、ワシントンDCに！

でも、そこへいくには、つづりをちゃんとこたえなければいけません。

どうしようとかんがえたとき、ジュディは、ふと思いだしました。そうだ、あたし、ラッキー・コインを持《も》ってた。

フランクは、B《ビー》－I《アイ》－S《エス》－C《シー》－U《ユー》－I《アイ》－T《ティー》（ビスケット）の「C《シー》」のところを

「K《ケー》」といってしまいました。ロッキーは、P《ピー》－I《アイ》－Z《ズィー》－Z《ズィー》－A《エー》（ピザ）の「Z《ズィー》」をひとつぬかしてしまいました。そして、いつも女王バチになるジェシカは、B《ビー》－R《アール》－O《オー》－C《シー》－C《シー》－O《オー》－L《エル》－I《アイ》（ブロッコリー）のつづりをかんぺきにいいました。

ジュディは、ビスケットやブロッコリーはむずかしいけど、ピザぐらいならこたえられそう、と思いました。

とうとう、先生がジュディの名前をよびました。ジュディは、単語《たんご》のリストを最後《さいご》にもう一度《いちど》みてから立ちあがりました。きんちょうで足はがちがち、胃《い》はひっくりかえりそうです。つい、単語《たんご》をいくつか手に書いておけばよかったと思ってしまいます。

でも、そんなことをしたら、まちがいなく校長室へG《ジー》－O《オー》（ゴー）です。

ジュディは、クラスのみんなの前に立ちました。手があせばんできます。その手をポケットに入れて、ラッキー・コインをこすりました。

おねがい、ラッキーな単語《たんご》をちょうだい。リストの一枚目《まいめ》にある、チョーかんたんな単語《たんご》。ベリーとか、メリーとか、チェリーとか。

「ジュディへの単語《たんご》は……スケジュール」トッド先生がいいました。

スケジュール！　スケジュールなんて、ラッキーな単語《たんご》じゃない。リストの一枚目《まいめ》のチョーかんたんな単語《たんご》でもない。ベリーでも、メリーでも、チェリーでもない！

石でも飲《の》みこんだみたいに、のどがつまってきました。さばくにでもいるみたいに、口がからからになりました。サボテンでもさわったみたいに、腕《うで》がちくちくします。

もしかしたら、スケジュール病《びょう》にでもかかったのかも。

ジュディは、助《たす》けをもとめて教室をみまわしました。すると、黒板《こくばん》のわきにはってある表《ひょう》が目に入りました。スケジュールの表《ひょう》です！

やった！　やっぱり今日もラッキーな日だ。あとは、いまみたつづりを思いだせばいいだけ。

「スケジュールのつづりは……S《エス》－C《シー》－H《エイチ》－E《イー》－D《ディー》－U《ユー》－L《エル》－E《イー》です！」

ジュディは、フーッと息《いき》をはきました。

「じゃあ、それをつかった文章《ぶんしょう》をどうぞ」

「スケジュールによると、わたしは今月末《こんげつまつ》にワシントンDC《ディーシー》にいきます！」

みんなは、どっとわらいました。

「よし、その意気《いき》だ」

トッド先生はにっこりして、黒板《こくばん》に書いていた単語《たんご》を消《け》しました。

「今日はここまで。みんな、家でも勉強《べんきょう》するのをわすれないように。友だちとふたりで練習《れんしゅう》するのもいいぞ。とにかく練習《れんしゅう》あるのみ。一週間後には、クラスの大

SCHED《スケジュ》

会をやるからね」

授業《じゅぎょう》の終《お》わりのベルが鳴ったとたん、フランクがいいました。

「ジュディ、すごい！　あんなむずかしいつづり、どうしてわかったの？」

「ラッキーだっただけさ」とロッキー。「黒板《こくばん》のわきの表《ひょう》に書いてあったんだ。そうだろ、ジュディ？　ぼく、ジュディが表《ひょう》をみるのをみてたよ」

「え、みてたの？　あたし、表《ひょう》をみてるあたしをみてるロッキーをみてなかった！」

「ジュディって、もしかしたら、この世《よ》でいちばんラッキーな人間なんじゃない？」とフランク。

ジュディは「かもね」とはいいませんでした。ほんとうにこの世《よ》でいちばんラッキーな人間だと思ったからです。この流《なが》れは、もうとまりそうにありません。

教室をでるとき、ジュディは先生にいいました。

「さようなら、トッド先生。じゃあ、ワシントンＤＣ《ディーシー》で」

「その前向《まえむ》きな気持《きも》ちをわすれないようにな、ジュディ。いつもいっているとおり、やる気になれば、なんだってできるんだから。英語《えいご》のつづりだってね」
ジュディは、くすっとわらいました。トッド先生は、ジュディがツイていると
いうことを知りません。ジュディは、この幸運《こううん》の波《なみ》に乗《の》って、ワシントンＤＣ《ディーシー》までいくつもりでした。

アンラッキー

ジュディは、一週間のあいだに、ふたりの友だち（ロッキーとフランク）と、三回練習《れんしゅう》しました。

そして今日、うらないをしてくれる〈マジック8《エイト》ボール〉をふってみました。

「あたしは、クラスの単語《たんご》つづりバチ大会で優勝《ゆうしょう》できますか?」

『わかりません』

「あたしは、ワシントンDC《ディーシー》にいけますか?」

『もう一度《いちど》どうぞ』

ダブルつまんない！

お父さんが、横《よこ》から話しかけてきました。

「ジュディ、クラスの大会はあしたなんだろう？　スピードアップしなくていいのかい？」

「ベリー、メリー、チェリー」

ジュディは、早口で単語《たんご》をいいました。

「そういう意味《いみ》じゃなくて、リストの一枚目《まいめ》から先に進《すす》まなくていいのか、ってことよ」とお母さん。

まったく！　ジュディは、ポケットからラッキー・コインをとりだし、お父さんとお母さんにみせました。

お母さんがそばにきて、ジュディの肩《かた》に腕《うで》をまわしました。

「ジュディ、あなたがそのコインを気に入っているのはわかるし、べつに持《も》ちあるいて楽しんでもかまわないと思っているわ」

「けどな」とお父さん。「ほんとうに大会で優勝《ゆうしょう》したいなら、ちゃんと勉強《べんきょう》しなくちゃだめだ」

お母さんがうなずきます。

「ラッキー・コインだけじゃ、優勝《ゆうしょう》なんてできないわよ」

「だいたいな――」

お父さんがいいかけましたが、ジュディはもうききたくありませんでした。ふたりがラッキー・コインのことをもっとわるくいう前に、ドシンドシンと階段《かいだん》をあがっていきました。

そして、単語《たんご》のリストを手にとり、むずかしいことばが書いてあるページをみました。

「運命《うんめい》」という意味《いみ》の「デスティニー」ということばがあります。ワシントンDC《ディーシー》にいくのも、デスティニーかもしれません。ジュディは目をとじて、「D《ディー》－E《イー》－S《エス》－T《ティー》－I《アイ》－N《エヌ》－Y《ワイ》」といいました。

つづりは、あたっていました。つぎは、「大統領《だいとうりょう》」という意味《いみ》の「プレジデント」です。ジュディは目をとじて、「P《ピー》－R《アール》－E《イー》－S《エス》－I《アイ》－D《ディー》－E《イー》－N《エヌ》－T《ティー》」といいました。プレジデントは、ワシントンDC《ディーシー》に住《す》んでいます。ということは、ジュディが運《うん》よくワシントンDC《ディーシー》へいければ、大統領《だいとうりょう》に会えるかもしれません。

ところが目をあけて、つづりをたしかめると、書いてあった単語《たんご》は「プレジデント」ではなく「プレゼント」でした。どうやらまちがったことばを練習《れんしゅう》してしまったようです。これでは意味《いみ》がありません。

そこで、ウサギの足の形をしたピンクのキーホルダーと、どんぐり三つと、ネコの目みたいなビー玉ふたつと、ラッキー・ストーンをとりだしました。ラッキー・アイテムが、コインのほかに七つもある！

たぶん、お母さんのいうとおりだ。ラッキー・コインだけじゃ、大会で優勝《ゆうしょう》できない。ジュディは、七つのラッキー・アイテムをぜんぶズボンのポケットにつめこみました。ラッキー・セブンです！

それから、プレジデントに会えるラッキーなデスティニーを信《しん》じて、ねむりにつきました。

つぎの日になりました。

クラスの単語《たんご》つづりバチ大会の日です！

ジュディは、学校へいくバスのなかで、ズボンの右ポケットに手を入れました。ない！　よりによって今日、ねぼうしたせいだ。ラッキー・アイテムを入れたズボンをはいてくるのをわすれちゃった。あの強力なお守《まも》りは、ズボンのポケットに入ったまま、うちの二段《だん》ベッドの下の段《だん》にあるはず。ということは、あれで運《うん》がよくなるのは、せいぜいネコのマウスくらいだ。

ジュディは、左のポケットにも手を入れました。ああ、よかった！　ラッキー・コインがあった。ぜんぶわすれたわけじゃなかったんだ。

学校に着《つ》くと、トッド先生がいいました。

「さあ、みんな、じゅんびはいいかい？」

「はーい！」

「これからはじまるのは？」

「単語《たんご》つづりバチ大会！」

「よし、単語《たんご》のリストを片《かた》づけて、教室のうしろに一列《れつ》にならんで。ベストをつくして、がんばろう！」

ジュディは、単語《たんご》のリストを片《かた》づけました。けっきょく、うしろのページにあったむずかしいことばは、最初《さいしょ》のふたつか三つ練習《れんしゅう》しただけです。

とつぜん、きんちょうでおなかがいたくなってきました。ジュディは、いますぐ教室をでなくちゃと思いました。

「トッド先生、トイレにいってきてもいいですか？」

「いそぐんだぞ」

ジュディは、早歩きで女子トイレへいきました。用をたしたいわけではありませんでしたが、個室《こしつ》に入ってこしかけました。そして、気分を落《お》ちつかせるために小さな声でうたいました。

「きーらーきーらーひーかーるー」

そのあと、お父さんがよく話してくれた物語《ものがたり》にでてくる、男の子の長い名前をいいました。

「ティキティキテンボ・ノーサレンボ・チャリバリルーチ・ピプペリペンボ」

だいぶ時間がたったような気がします。でも、もどるのがおそくなったら、トッド先生がだれかをむかえによこすはずです。

ジュディは、ようやくトイレをでました。教室にもどるとき、ラッキー・コインをさわろうと、左のポケットに手を入れました。

S《エス》－H《エイチ》－O《オー》－C《シー》－K《ケー》！　ショック！

からっぽだ！　ラッキー・コインがなくなってる！

ジュディは、いそいで女子トイレへもどりました。手《て》洗《あら》い場《ば》をみて、床《ゆか》をみて、自分が入った個室《こしつ》をみました。

あった！　あたしのラッキー・コインだ。でも……トイレの水のなかにしずんでる！

さかさまの蹄鉄《ていてつ》の絵が、にっこりわらいかけてるみたい。

いまここに、ものさしはありません。プンスカくんえんぴつもありません。コインをとりだせるような道具《どうぐ》は、なにもなさそうです。となると、自分の手をつっこむしかありません！　うえーっ！　ダブルショック！

ジュディは、しかたなく水のなかに手を入れて、ラッキー・コインをとりだしました。

そして手洗《てあら》い場《ば》に走り、コインと手を石けんでごしごし洗《あら》いました。フーッ。あぶないところだった。

教室にもどると、大会のまっさい中でした。ジュディは、ならんでいるみんなにまざりました。

ジェシカにだされた単語《たんご》は〈シャンプー〉でした。かんたんすぎる！　ロッキーは〈バスケット〉でし

た。こっちもかんたん！　フランクは〈ワッフル〉です。フランクの好《す》きな食べものだ！

とうとうジュディの番になりました。むねがドキドキします。ジュディは、人《ひと》さし指《ゆび》と中指《なかゆび》をかさねて幸運《こううん》のおまじないをしながら、ぎゅっと目をとじました。そして、かんたんな単語《たんご》、かんたんな単語《たんご》、とラッキー・コインにおねがいしました。

トッド先生がいいました。

「ジュディへの単語《たんご》は……チワワ」

トリプルショック！

ジュディは、ぱっと目をあけました。チワワ！　チワワって、すごくむずかしいつづりじゃなかった？　ベリーとかメリーとか、そんなレベルじゃないよね。少なくとも、リストの一枚目《まいめ》にはのってなかったはず。

つづりを思いだそうとしても、頭にうかんでくるのはパグばかりです。チワワなんて、ちっともうかびません。でも、口にだしてみたら、運《うん》よくいえるかも？

ジュディは、ゴホンとせきばらいをしました。

「チワワのつづりは、C《シー》－H《エイチ》－I《アイ》……」

あれ、つぎはなんだっけ？

「H《エイチ》－A《エー》－W《ダブリュー》－A《エー》－I《アイ》－I《アイ》です」

「ざんねん。後半で、〈ハワイ〉のつづりはちゃんといえてたけどね。正しくは、C《シー》－H《エイチ》－I《アイ》－H《エイチ》－U《ユー》－A《エー》－H《エイチ》－U《ユー》－A《エー》だ」

うそでしょ？　ジュディはびっくりして、その場から動《うご》けなくなりました。こんなの、信《しん》じられない。一回戦《かいせん》でO《オー》－U《ユー》－T《ティー》？　アウト？

「おつかれさま、ジュディ。席《せき》についていいよ」

トッド先生にいわれて、ジュディは席《せき》につき、いすにぐったりよりかかりました。なんでハワイのつづりなんていっちゃったの？　ラッキー・コインの幸運《こううん》が、消《き》えてなくなったとか？

そのあと教室では、まさに単語《たんご》のあらしがまきおこりました。マーメイド、バタースコッチ、トルネード……。

けれどジュディは、きいてもいなければ、みてもいませんでした。もうそれどころではありません。

ついに、立っているのはジェシカだけになりました。やっぱりジェシカが女王バチです。

トッド先生が大声でいいました。

「優勝者《ゆうしょうしゃ》は、ジェシカ・フィンチ！　おめでとう、ジェシカ。三年T《ティー》組の代表《だいひょう》として、ワシントンDC《ディーシー》の大会でがんばってくれよ」

みんなは、いっせいに拍手《はくしゅ》をしました。ジュディも手をたたきましたが、おめでとうと思うことはできませんでした。

せっかくずっとラッキーだったのに！　これでもう、ワシントンDC《ディーシー》にはいけない。でっかくてクールな都市《とし》にいく計画が、トイレに流《なが》れて、だいなし！

トイレ！　そうだ！　きっとラッキー・コインの幸運《こううん》が、トイレに落《お》としたときにだめになったんだ。トイレがコインのまほうをおかしくして、ラッキーがアンラッキーになったのかも。

ジュディは、ポケットからコインをとりだしました。にっこりしていた蹄鉄《ていてつ》の絵が、もとの位置《いち》にもどって、むっつりになっています。ガオ！

さようなら、ラッキー・コイン。こんにちは、アンラッキー・コイン。

ジェシカのおねがい

ジュディは、家に帰るとすぐ、アンラッキー・コインをかくす場所《ばしょ》をさがしまわりました。

どこがいいかな？　そうだ、スティンクの部屋《へや》にしよう！　スカンク・スティンクには、くさいものがぴったりだし、バイキンだって気にならないだろうし。

ジュディは、スティンクの部屋《へや》をみまわすと、まくらの下にコインをかくしました。カンペキ！　これでもうだいじょうぶ。

けれど、幸運《こううん》をもたらしてくれるものは、なくなってしまいました。もしこれからもラッキーなことがつづいてほしいなら、なにか新しくて、くさくない、べつのラッキー・アイテムをみつけるしかありません。

ジュディは、探偵《たんてい》グッズのなかから虫めがねをとって、外へとびだしました。

四つんばいになって、草むらに目をこらしました。そして、一時間か、もっと長いと思うくらいのあいだ、四《よ》つ葉《ば》のクローバーをさがしました。

とつぜん、うら口のドアがいきおいよくあきました。

「なにやってるの?」

スティンクがききました。

「なにか」

ジュディは、顔もあげずにこたえました。

「なにかって、なに?」

スティンクも、草に顔を近づけます。

「ラッキーなものをさがしてるの」

ジュディは、まだ顔をあげません。

「ラッキーなことなら、ぼく、いくつかあったよ。それも、ついさっき」

スティンクは、ガムをふくらませて、パチンと割《わ》りました。

「つくえのなかから、ガムが三つもみつかったんだ。ラッキーでしょ。つつみ紙のマンガに、うらないもついてて、『もうすぐ旅行《りょこう》にいくでしょう』って書いてあったよ」

ジュディは、ぱっと顔をあげました。旅行《りょこう》？　まさか、ワシントンDC《ディーシー》に？　だったら、あたしがい

きたい。けど、どうせむりだよね。ジュディは、さがしものにもどりました。

「ラッキーな草かなにかがあるの？」

「まあね。じつは、四《よ》つ葉《ば》のクローバーをさがしてるんだ」

いまのところ、みつかったのは、大きな石がひとつ、タンポポが三つ、ふつうの三《み》つ葉《ば》のクローバーがどっさりです。四《よ》つ葉《ば》のクローバーは、一本もありません。

幸運《こううん》の虫、テントウムシも、一ぴきもみあたりません。

「お姉ちゃん、四《よ》つ葉《ば》のクローバーがみつかる確率《かくりつ》って、一万分の一だって知ってた？　つまり、四《よ》つ葉《ば》のクローバーを一本みつけるのに、三《み》つ葉《ば》のクローバーを九千九百九十九本さがさなきゃいけないんだ」

「おしえてくれて、どーも」

「でも、不可能《ふかのう》じゃないよ。アラスカ州《しゅう》には、四《よ》つ葉《ば》のクローバーを十一万一千六十本もみつけた人がいるんだから」

「じゃあ、あたしはアラスカにひっこしたほうがいいかもね」

そのとき、なにかがスティンクの腕《うで》にとまりました。

「わあ、テントウムシだ！　テントウムシって、幸運《こううん》の虫なんだよね？」

ジュディは、さっと立ちあがりました。

「ずるい！　テントウムシが、なんでスティンクにとまるの？」

「やったー！　これで、帰ってきてから、ラッキーなことが三つも起《お》きちゃった。ガムがみつかったでしょ、テントウムシがとまったでしょ」

「それじゃ、ふたつだけじゃない。三つ目は？」

「三つ目は、ほんとはひとつ目だったんだ。それが最初《さいしょ》に起《お》こったから、ふたつ目も三つ目も起《お》こったんだと思う」

「それって、なぞなぞ？」

「あのね、これがまくらの下からでてきたの」

スティンクは、あのコインをみせました。

「なんでか知らないけど、ラッキー・コインがぼくのものになったんだ！　これが、ほんとはひとつ目だった三つ目のラッキーなことだよ」

しまった。コインを手ばなすのが早すぎたかも。

「なるほどね。けど、じつはそれ……アンラッキー・コインなんだよ」

「うそだー。これはぼくのラッキー・コインだもんねー」

スティンクはうたうようにいって、コインを目の前にかかげ、チュッとキスをしました。

「うわっ、きたない！」

ジュディは、思いきり顔をしかめました。

「え？」

「あ、ううん、なんでもない」

スティンクは、うたがうような目でコインをみました。

「なんできたないの？」

「いや、ただ……バイキンがついてるから」

「ちゃんとおしえて」

「スティンク、なんでそのアンラッキー・コインにバイキンがついてるか、ほんとに知りたいの？　じゃあ、おしえてあげるけど、あることが起《お》こって、コインのラッキーがアンラッキーに変《か》わっちゃったの」

「あることって？」

「落《お》っこちたの。プールにとびこむみたいに、ヒュー、ドボンって」

ジュディは、手でとびこむまねをしました。

「へ？」

「トイレ。スティンク、そのコインは、トイレの水のなかに落《お》っこちたの！」

「えーっ！　きたない、きたない、きたなーい！」

スティンクは、コインをほうりなげました。コインはとんでいって、草むらに落《お》ちました。ジュディは、その場所《ばしょ》をおぼえておきました。

「ああ、ひどい目にあった。これじゃ、ラッキー・コインじゃなくて、バイキン・コインだよ」

「あはは、スティンク、おもしろーい」

スティンクはさっさと家のなかへもどりました。ジュディはまた四つんばいになって、落《お》ちていたコインをひろいました。四《よ》つ葉《ば》のクローバーをひろったみたいに、うれしくてにっこりしてしまいます。

でも、コインにキスはしないで、すぐにポケットにしまいました。

そのとき、お母さんの声がしました。

「ジュディ、ちょっとなかにきてくれる？」

ジュディはキッチンへ走りました。お父さんが、流《なが》し台《だい》でお皿《さら》を洗《あら》っています。

スティンクは、スイートコーンをふくろからだして食べています。

「なにか用？」

「いまね、ジェシカのお母さんから電話があったの」

「うん」

「ジェシカがワシントンＤＣ《ディーシー》の単語《たんご》つづりバチ大会にでること、知っているでしょ？」

「うん」

「ジェシカが、このあいだのたんじょう日にミニブタをペットにしたのも、知っているわよね？」

「うん。名前はピージー・ウィージーだよ」

「大会にでているあいだ、そのピージー・ウィージーのお世話《せわ》をジュディにおねがいしたいって、ジェシカがいっているんですって」

女王バチのジェシカが大都市《だいとし》のワシントンＤＣ《ディーシー》にいってるあいだ、あたしはこのちっちゃな町でブタのおもりをするってこと？　ブー！

あのコブタちゃんはＤＣ《ディーシー》へ
このコブタちゃんはおるすばん
このコブタちゃんはさけぶよ
ガオ、ガオ、ガーオ！

ジュディは、心のなかでうたってからこたえました。

「どうしようかなあ」

すると、お父さんが、タオルで手をふきながらいいました。

「お父さんもお母さんも、ワシントンＤＣ《ディーシー》にいけるチャンスに、てっきりジュディがとびつくと思っていたよ」

「ワシントンＤＣ《ディーシー》にいける？　え、だれが？　あたし？」

ジュディは、お父さんとお母さんをかわるがわるみました。

お母さんがわらいました。

「ジェシカは、ピージー・ウィージーをおいていきたくないらしいの。まだペットにしたばかりだしね。それで、ペットも泊《と》まれるホテルを予約《よやく》して、いっしょにつれていくことにしたんですって」

「けど、大会にでているあいだ、ピージー・ウィージーの世話《せわ》をしてくれる人がひつようらしいんだ。それで、お母さんとかんがえたんだよ。観光《かんこう》もかねて、うちも家族《かぞく》みんなで、前の日からワシントンＤＣ《ディーシー》へいったらどうだろうってね」

「ほんとに？」

信《しん》じられない！　ラッキーすぎて、うそみたい！

スティンクも、うれしそうにぴょんぴょんとびはねています。

「わあ、ガムのうらないがあたったってこと？　ぼく、ほんとにもうすぐ旅行《りょこう》にいけるんだ！」

うらないがほんとにあたった……ってことは、こういうことだよね。このラッキー・コインには、まだ幸運《こううん》をよぶ力がある。スティンクからとりかえして、よかった！

家族《かぞく》みんなで、ワシントンＤＣ《ディーシー》にいけるんだ！

「それで、ジュディ、どうする？　ジェシカのお母さんに、なんていえばいい？」とお母さん。

「こういっといて。『ジュディ・ミニブタ・シッター・モード、よろこんでピージー・ウィージーのお世話《せわ》をします！』」

だいすきシティ

車で出発《しゅっぱつ》！　ジュディたち家族《かぞく》は、ワシントンＤＣ《ディーシー》へむかいました。ダブル・クール！

ジュディは、車のなかにいるときから、そわそわしっぱなしでした。一時間二十七分後には、ワシントンＤＣ《ディーシー》に着《つ》いているはずです！

でも、じっさいには、四時間くらいかかりました。スティンクが、とちゅうでこんなことをしたからです。

一．車をとめてもらってトイレへいった。

二．車をとめてもらってガムを買った。

三．地面《じめん》から顔をだしているでっかい巨《きょ》人《じん》の像《ぞう》をみたとたん、パンッ！　ガムの風船が割《わ》れて、自分の顔と髪《かみ》がガムだらけになった。

四．そのガムをとっているあいだ、車をとめてもらっていた。

やっと、ようやく、どうにかこうにか目的地《もくてきち》に着《つ》いたころには、スティンクはねていました。

「スティンク、着《つ》いたよ！　とうとうＤＣ《ディーシー》にきたよ！」

ジュディは、スティンクを起《お》こしました。

車を駐車場《ちゅうしゃじょう》にとめると、みんなで〈ナショナル・モール〉を歩きました。モールといっても、ショッピングモールではありません。公園のようなところで、長方形の大きな池や、お金にえがかれているような有名《ゆうめい》なものがたくさんあります。先へ進《すす》むと、りっぱなホワイトハウスもみえました。アメリカのボス（大統領《だいとうりょう》）はもちろんのこと、ファーストレディや、ファーストキッズ、ファーストドッグも住《す》んでいるところです。

屋根《やね》がドームになっている大きな建物《たてもの》もありました。〈アメリカ合衆国議会議《がっしゅうこくぎかいぎ》事堂《じどう》〉です！　国の重要《じゅうよう》な人たちが、法律《ほうりつ》などの重要《じゅうよう》なことを決《き》める、とても重《じゅう》要《よう》な場所《ばしょ》です。

〈ワシントン記念塔《きねんとう》〉とよばれる、細長いピラミッドのような塔《とう》もありました。お母さんによると、フランスのエッフェル塔《とう》ができる前は、世界一《せかいいち》高い塔《とう》だったそうです。

〈リンカーン記念堂《きねんどう》〉をみたときには、ジュディの目がまん丸になりました。なかにあるリンカーン大統領《だいとうりょう》の像《ぞう》が、一セントのコインの絵にそっくりだったからです。ワオ！

歩道を歩きながら、スティンクがいいました。

「ぼくの大好《だいす》きなジェームズ・マディソン大統領《だいとうりょう》も、きっとここに立ったんだろうな。もしかしたら、この道につばをはいたり、このベンチでホットドッグを食べたりもしたかも」

「そのころはまだホットドッグなんてなかったよ」とジュディ。

「うそだ。お姉ちゃんになにがわかるのさ」

「あんたがジェームズ・マディソン大統領《だいとうりょう》オタクだってこと」

そのときお父さんが、時計をみて、みんなにききました。

「博物館《はくぶつかん》へいきたい人？」

「それって、つまんない博物館《はくぶつかん》？　つまんなくない博物館《はくぶつかん》？」とジュディ。

「つまんなくない博物館《はくぶつかん》よ」

お母さんが、〈スミソニアン博物館群《はくぶつかんぐん》〉の一部《いちぶ》になっている、いくつかの博物《はくぶつ》館《かん》を指《ゆび》さしました。

「わあ、いってみよう。お城《しろ》みたいなのがある！」

スティンクがよろこんで、歩道をかけだしました。

「まずは、インフォメーションセンターからだ」とお父さん。

「ここの博物館《はくぶつかん》には、なにがあるの？」とジュディ。

「ホープ・ダイヤモンド」とお母さん。

「リンカーン大統領《だいとうりょう》のシルクハット」とお父さん。

「ちぢんだ人間の頭と、きょうりゅうのふん！」とスティンク。

「そんなの、あるわけないよ」とジュディ。

「あるよ、ぜったい。だってぼく、前にクラスのみんなとここへきたときにみたもん。ほかに、ウミウシが三千びきと、ハエが五万びき、鳥の卵《たまご》が十一万五千こあるんだよ」

「じゃあ、いかなくちゃね」

ジュディは、つまんなくない博物館《はくぶつかん》で、こんなものをじっくりみました。

・宇宙飛行士《うちゅうひこうし》のブーツ

・気分がわるいときにつかうエチケットぶくろ

・中国の〈万里《ばんり》の長城《ちょうじょう》〉のれんが

・ドロボウガニ

（野生のドロボウガニは、人の家にしのびこんで、スプーンやフォークをほんとにぬすむんだって！）

・七百万びきの甲虫《こうちゅう》

（ぜつめつしそうになってるホクトウカイイガントラカブトムシをふくむ）

土

エチケット
ぶくろ

1965
ガム
1970
ガム

・百万種類《しゅるい》の土
・一万年前のふんのかたまり
・ウォレン・G《ジー》・ハーディング大統領《だいとうりょう》のパジャマ
・ジョージ・ワシントン（ほか十三名の）大統領《だいとうりょう》の髪《かみ》の毛《け》
・大むかしのガム

博物館《はくぶつかん》をみたあと、みんなでギフトショップへいきました。ジュディは、ばんそうこうの箱《はこ》に入っていたあのラッキーなお金で、宇宙飛行士《うちゅうひこうし》が食べるようなフリーズドライのアイスクリームと、カラフルなガムテープでいろんなものをつくる工作の本を買いました。

スティンクは、ジェームズ・マディソン大統領《だいとうりょう》の十五センチのものさしと、ジェームズ・マディソン大統領《だいとうりょう》の小さな像《ぞう》と、ジェームズ・マディソン大統領《だいとうりょう》の〈友情《ゆうじょう》のコイン〉をさっそく買っていました。ジェームズ・マディソン大統領《だいとうりょう》の〈しゃべる首ふり人形〉は売り切れだったので、かわりにリンカーン大統領《だいとうりょう》の〈しゃべらないプラスチック製《せい》フィギュア〉を手に入れました。

みんなで車にもどるとき、スティンクがいいました。

「リンカーン大統領《だいとうりょう》は、二番目に好《す》きな大統領《だいとうりょう》なんだ。ほら、この下のところに、〈うまいポテト〉なんて書いてある。おもしろいよね」

「うまいポテト？　ちょっとみせて」

ジュディは、フィギュアの台座《だいざ》に書いてある文字を読みました。

「E《イー》－M《エム》－A《エー》－N《エヌ》－C《シー》－I《アイ》－P《ピー》－A《エー》－T《ティー》－I《アイ》－O《オー》－N《エヌ》。エマンシペイション？　これ、どういう意味《いみ》？」

「解放《かいほう》する、つまり、自由《じゆう》にするっていう意味《いみ》よ」とお母さん。

「リンカーン大統領《だいとうりょう》はポテトを自由《じゆう》にしたの？」とスティンク。

お母さんは、くすっとわらいました。

「ちがうわよ。リンカーン大統領《だいとうりょう》は〈解放宣言《かいほうせんげん》〉っていうものを書いたことで有名《ゆうめい》なの」

「リンカーン大統領《だいとうりょう》はその宣言《せんげん》のなかで、どれいは自由《じゆう》になるべきだといったんだ」とお父さん。

「なんだ、そのことなら、みんな知ってるよ」とスティンク。

「リンカーン大統領《だいとうりょう》っていえば、医学博物館《いがくはくぶつかん》にいく時間はある？　そこに、リンカーン大統領《だいとうりょう》の頭の骨《ほね》があるんだ。うそじゃないよ」

ジュディがいうと、お父さんがこたえました。

「ざんねんだな、ジュディ。

お母さんがかくにんしたら、

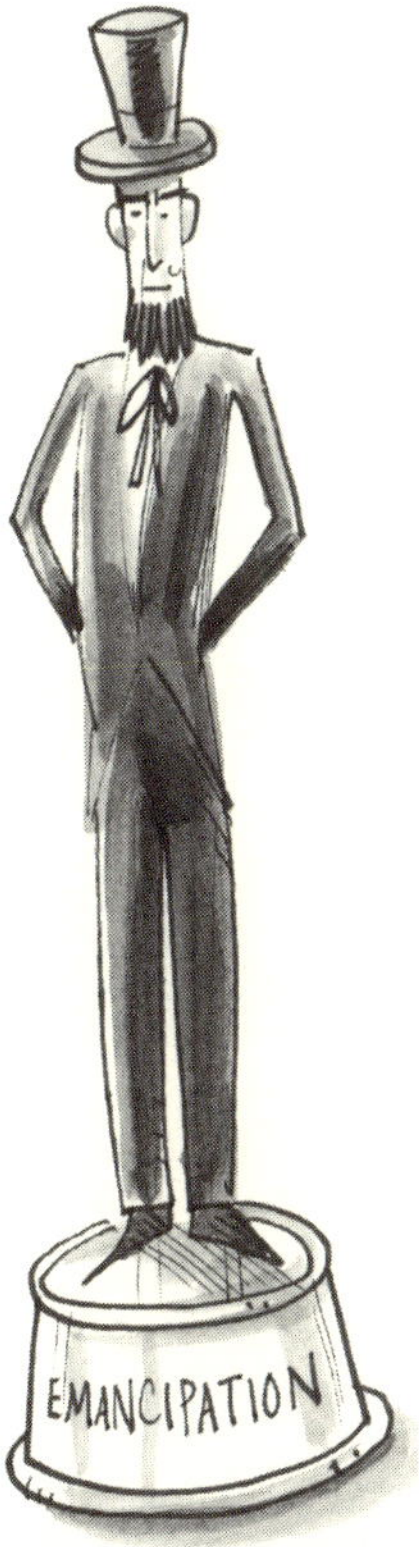

国立健康医学博物館《こくりつけんこういがくはくぶつかん》は停電《ていでん》で、今日は休みだそうだ」

「えー、がっかり」

「じゃあ、世界一《せかいいち》っていうくらい大きい、いすをみにいくのは？」とスティンク。

「前にきたとき、みにいけなかったんだ。ねえ、いこうよ。ねえ、ねえ」

「ああ、いいよ」とお父さん。

「ずるい。スティンクはいきたいところにいけるのに、あたしのいきたいところは休みだなんて。そんなのないよ」

ジュディがもんくをいうと、お母さんが地図をみながらていあんしました。

「じゃあ、いすをみたあとシーダーヒルまでいって、フレデリック・ダグラスの家を見学するっていうのは？」

「フレデリック・ダグラス！　黒人の人たちの歴史《れきし》を勉強《べんきょう》したときに、トッド先生がおしえてくれた人だ」

「きょうみを持《も》ってくれると思っていたわ」

「フレデリック・ダグラスって、だれ？」とスティンク。

「すばらしいことをかんがえたり、広めたりした、アメリカの黒人だよ」とお父さん。

「どれいだったんだけど、にげだして、自由《じゆう》のためにたたかったの」とお母さん。

ジュディもせつめいしました。

「フレデリック・ダグラスは、リンカーン大統領《だいとうりょう》に会って、どれいでいるのがどんなにひどいことか話したんだよ。あと、だれでも選挙《せんきょ》で投票《とうひょう》できるべきだっていったの。そのことで、リンカーン大統領《だいとうりょう》といいあいもしたんだ。まあ、大むかしのことだけどね」

お母さんは、にっこりしました。

お父さんは、こういいました。

「トッド先生もうれしいだろうな、ジュディがちゃんとおぼえてて」

「おまけにこれで、フレデリック・ダグラスの家をみたって、おしえてあげられるしね！」

　スティンクのいう「世界一《せかいいち》っていうくらい大きいいす」は、駐車場《ちゅうしゃじょう》の前の歩道にありました。

「のぼってもいい？」とスティンク。

「どうぞ」とジュディ。「世界一《せかいいち》っていうくらい、時間をむだにしたかったらね！」

　つぎは、シーダーヒルです。フレデリック・ダグラスの家に着《つ》くと、そこはオレンジ色のプラスチックのフェンスと、〈立入禁止《たちいりきんし》〉と書かれた黄色いテープにかこまれていました。

「工事中《こうじちゅう》のようね」とお母さん。

「え、ここも入れないってこと？」

ダブルがっかり！ ジュディは、ラッキー・コインをこすっておけばよかったと思いました。

管理人《かんりにん》さんがでてきて、家は修理中《しゅうりちゅう》だということと、なかのものはぜんぶ倉庫《そうこ》にあるということをおしえてくれました。みられるのは、家の外だけです。

つまんない！ ジュディとスティンクは、ベンチにだらりとこしかけました。そのあいだお父さんとお母さんは、家のまわりを歩きながら、ガイドブックに書いてあることをあれこれいいあっていました。

ジュディは、写真《しゃしん》がたくさんのっている見取図《みとりず》をみながらいいました。

「スティンク、あたしがこの家をあんないしてあげる。ここは、おしゃれなベッドルーム。こっちは、チェッカーをするときにつかった、おしゃれな遊《あそ》び部屋《べや》。で、こっちは、そんなにおしゃれじゃないキッチン」

スティンクは写真《しゃしん》をのぞきこみました。

ジュディはそのとたん、えんとつのある石づくりの小屋《こや》が写《うつ》っているのに気づきました。

「ちょっと待《ま》って。なにこれ？　スティンク、ついてきて！」

うら庭《にわ》の小屋《こや》の前までいくと、なかにつくえと丸いすがみえました。

「ここ、なんなの？」

スティンクがききました。

「〈うなり小屋《ごや》〉っていわれてる場所《ばしょ》だよ。フレデリック・ダグラスは、ふきげんモードになったとき、ここにきてうなってたんだって」

「まさか。ほんとは？」

「だから、それがほんとなんだってば、スティンク。うそじゃないよ。ほら、ここに書いてある」

ジュディは、写真《しゃしん》の下にあるせつめいを指《ゆび》さしました。

「フレデリック・ダグラスは、ふきげんモード用の小屋《こや》を持《も》ってたんだよ」

「ふきげんモード小屋《ごや》かあ。すごいなあ。ガルルルル！」

スティンクは、ライオンのようにうなりました。

「ガオーーーッ！」

ジュディも負《ま》けじとうなりました。

お父さんとお母さんが、うなり小屋《ごや》までやってきました。

「ここ、ふきげんモード用の小屋《こや》なんだよ！」とジュディ。

「なるほど」とお父さん。

「きこえたわよ」とお母さん。

「この小屋《こや》、うちに運《はこ》びたいよね。お姉ちゃん用に！」

スティンクが、ギャハハとわらいました。

お父さんがいいました。

「さあ、もういく時間だ。夕食のときにジェシカたちに会って、ピージー・ウィー

ジーの世話《せわ》のことをきかないと。そのあとで、ホテルにチェックインしよう」

「もうちょっとここにいちゃだめ？」とスティンク。

「おねがいったら、おねがい」とジュディ。

「あと五分よ」

お母さんがいいました。


ジュディは、やっぱり世界一《せかいいち》ラッキーな子でした。だって、ワシントンDC《ディーシー》にくることも、でっかい巨人《きょじん》の顔や、ドロボウガニや、一万年前のふんのかたまりをみることも、ふきげんモード小屋《ごや》の前で思いきりさけぶこともできたのですから。しかも、たった一日で！

ワシントンDC《ディーシー》、だいすきシティ！

リストとミートボール

ディナータイム！　ジュディたちは、〈ケバブの店〉でジェシカ一家を待《ま》ちました。

スティンクが、ジュディにメニューをみせました。

「ここの料理《りょうり》、ぜんぶ串《くし》にさしてあるよ。ホットドッグ・ケバブも、揚《あ》げ野《や》菜《さい》ケバブも。ほら、フルーツ・ケバブまで」

ジュディは、砂《さ》糖《とう》が入った小さなふくろをつみかさねて、ワシントン記《き》念《ねん》塔《とう》をつくっているところでした。

「スティンク、テーブルをゆらさな……わっ、たおれるー！」

ジュディの塔《とう》は、ばらばらとたおれました。

ようやく、ジェシカたちがやってきました。ジュディとスティンクは、ワシントンDC《ディーシー》でみたおもしろいもののことを、つぎからつぎへと話しました。ふきげんモード小屋《ごや》、でっかいいす、大むかしのふん。

ジュディはふと、あたりをみまわしました。

「ねえ、ミニブタは？」

「ピージー・ウィージーなら、車のなかよ」とジェシカ。

「食事《しょくじ》のあいだは、かごに入っているから、だいじょうぶだよ」とジェシカのお父さん。

料理《りょうり》の注文《ちゅうもん》が終《お》わると、ジュディのお母さんがいいました。

「あしたはいよいよ大会ね。ジェシカ、いまの気分はどう？」

「そわそわして、ちっとも落《お》ちつかないです。おなかのなかで、なにかがあばれてるみたい」

「グリルチーズ・ケバブを食べれば、きっと落《お》ちつくわよ」とジェシカのお母さん。

「あたしだったら、おおぜいの人の前で単語《たんご》のつづりをいうなんて、ぜったいできないな。いくらラッキー・コインがあっても」とジュディ。

ジェシカは、単語《たんご》が書いてあるリストをとりだしました。

「練習《れんしゅう》をつづけなきゃ。大会がはじまるまで、あと十七時間三十三分しかない」

「そうだ、問題《もんだい》をだしてあげようか？　あたしが練習相手《れんしゅうあいて》になってあげる」

「それはいいかんがえね」とジュディのお母さん。

ジュディは、リストの単語《たんご》を指《ゆび》でなぞりながら問題《もんだい》をだしていきました。ジェシカは、つづりをどんどんいいました。ジッパー、ゴリラ、キャロット、サイエンス。

「〈シャンプー・バナナ〉は？」とスティンク。

「そんなことば、リストにないよ」とジュディ。

「S《エス》-H《エイチ》-A《エー》-M《エム》-P《ピー》-O《オー》-O《オー》 B《ビー》-A《エー》-N《エヌ》-A《エー》-N《エヌ》-A《エー》」とジェシカ。

「さすが」とジュディ。「じゃあ、〈ベリーメリーチェリーハニー〉は？」

「それ、一ページ目の単語《たんご》がいくつもつながってるじゃない」とジェシカ。

「おまえなら、できるはずだよ」とジェシカのお父さん。

ジェシカは、大きく息《いき》をすいました。

「B《ビー》-E《イー》-R《アール》-R《アール》-Y《ワイ》-M《エム》-E《イー》-R《アール》-R《アール》-Y《ワイ》-C《シー》-H《エイチ》-E《イー》-R《アール》-R《アール》-Y《ワイ》-

H《エイチ》—O《オー》—N《エヌ》—E《イー》—Y《ワイ》」

「すごーい」とジュディ。「練習相手《れんしゅうあいて》として、ひとことといっていい？　ジェシカ、優勝《ゆうしょう》まちがいなしだよ」

するとジェシカのお父さんがいいました。

「しかし、オーチャード小学校には、つづりがとてもとくいなサンジェイという男の子がいるそうだ。その子は手ごわいかもしれないぞ」

「けど、いくつもの単語《たんご》をあんなスピードで一気にいうなんて、ジェシカくらいしかできないと思うなあ」とジュディ。

「ありがとう」とジェシカ。

ふたりでサラダバーにいくと、ジェシカは、野菜《やさい》のつづりをつぎつぎにいいました。レタス、トマト、キャベツ、ブロッコリー……。そのあと、サラダをのせたお皿《さら》をジュディにみせました。

「ほら、サラダまで串《くし》にささってるわ！」

テーブルにもどると、ジュディはみんなにいいました。

「ジェシカったら、サラダバーにある野菜《やさい》のつづりをぜんぶいえるんだよ！」

そして、単語《たんご》のリストをひざにのせました。

「野菜《やさい》の名前は三ページ目にあるの」とジェシカ。「むずかしいのは、四ページ目。〈アクセサリー〉のつづりとか、ついまちがえちゃって」

「それ、四年生でならう単語《たんご》じゃない？」とジュディ。

料理《りょうり》が運《はこ》ばれてくると、スティンクがいいました。

「串《くし》にささってると、野菜《やさい》もおいしいね」

「なら、串《くし》にささったラクダだっておいしいかもね。そうだ、ジェシカ、〈ケバブ・マニア〉のつづりはいえる？」

ジュディはきいたとたん、串《くし》にささっていた小さなミートボールを落《お》としてしまいました。ミートボールは、ポトンッ！　ちょうどジュディのひざの上に落《お》ちました。ひざにはナプキンがありません。ミートボールがのっているのは……ジェシカの単語《たんご》リストの四ページ目です！　ジュディはナプキンをとって、リストについたソースをふきとろうとしました。

やばっ！　四ページ目には、ミートボールの大きなしみが、でんといすわってしまいました。ジュディは、リストをめくって、一ページ目がいちばん上にくるようにしました。そして、ぜんぶのページの練習《れんしゅう》が終《お》わっていてよかったと思いながら、リストをテーブルにのせて、ジェシカのお皿《さら》のほうへおしやりました。


ホテルに着《つ》くと、お父さんとお母さんがチェックインの列《れつ》にならびました。ふたりの前には、イギーという名前のイグアナをつれたおじさんがいました。ロビーには、チンチラにひもをつけて歩いている男の子もいます。

「このホテル、サイコー！」ジュディはいいました。

「ガラスのエレベーターもあるよ」スティンクが指《ゆび》さします。

チェックイン

「なんか、フランスのエッフェル塔《とう》っぽい」とジュディ。

「なんか、本の『チャーリーとガラスの大エレベーター』っぽい。あれに乗《の》ったら、本にでてくるウンパ・ルンパ人に会えるかもね」とスティンク。

ジュディは、お父さんとお母さんにいいました。

「ねえ、七階《かい》の部屋《へや》にしてもらおうよ」

「わたしたちの部屋《へや》、七階《かい》になったわよ！」とジェシカ。

「ラッキー・セブンだね。じゃあ、やっぱりジェシカが優勝《ゆうしょう》かも！」とジュディ。

「あ、そうだ、リストを返《かえ》してもらわなきゃ」

「リスト？　あたし、持《も》ってないよ。ジェシカが持《も》ってると思ってた」

「わたしは持《も》ってないわよ。ジュディが持《も》ってると思ってたわ」

ジュディは首を横《よこ》にふりました。

「練習《れんしゅう》が終《お》わって、みんな食べはじめたから、ジェシカに返《かえ》したんだけど」

むねがちくりとして、顔があつくなってきました。ミートボールのしみをつけたことは、まだいっていません。でも、しみをつけたからこそ、リストは返《かえ》したはずです。ソースをふいて、一ページ目がいちばん上にくるようにして、リストをジェシカのほうへおしやったのですから。

「どうしよう」

ジェシカが泣《な》きそうな声をあげました。

「ジュディ、ほんとうに持《も》ってないの？」

ジュディのお母さんがききます。

「レストランにわすれてきたってことはないかい？」

ジェシカのお父さんもジュディにたずねます。

「わすれてません。ちゃんと返《かえ》しました。わすれたのはジェシカです」

ジェシカは、ジュディをじろっとにらみました。

「ジュディって、ほんとは、やくびょう神《がみ》なんじゃない？」

「そんなわけないでしょ！」

「わたしを勝《か》たせたくないなら、そういえばいいのに」

「お母さん、あたし、そんなこと思ってない。ほんとだよ！」

「だいじょうぶよ。レストランに電話して、リストがなかったか、きいてみましょう」とジュディのお母さん。

「でも……もし……もし、すてられちゃってたら？」

ジェシカはそういって、ぐすんぐすんと泣《な》きだしました。

ジェシカのお父さんが、レストランに電話しました。

「ええ……はい……」

電話を切ると、ジェシカのお父さんはいいました。

「安心《あんしん》しなさい。運《うん》がよかった。ウェイトレスさんが、テーブルの上にあったリストをとっておいてくれたそうだ。レジであずかってくれているよ」

それをきいて、こんどはジュディのお父さんがいいました。

「あしたはジェシカのだいじな日だ。もう部屋《へや》にいって、ゆっくりするといい。

リストはジュディとわたしがとりにいく。ジェシカの役《やく》に立てればうれしいからね。なあ、ジュディ?」

ジュディは、しぶしぶうなずきました。ジェシカ・ウソツキ・フィンチが泣《な》いたせいで、ジュディがわざとリストをおいてきたと、みんなに思われてしまったからです。こんなにくやしいことはありません。

ガオ! こういうときこそ、うなり小屋《ごや》がひつようなのに!

ジュディは、ジェシカにがんばってほしいと、せっかく思いはじめていたところでした。なのにもう、シャンプー・バナナでも食べさせたい気分です。

レストランからリストを受《う》けとって、お父さんといっしょにホテルにもどると、お母さんがいいました。

「ジュディ、自分で返《かえ》してらっしゃい。ジェシカは、むかいの七一一号室《ごうしつ》にいるから」

そのていあんには、さんせいできない理由《りゆう》が三つありました。

一．ジェシカ・ウソツキ・フィンチにまだシャンプー・バナナをどっさり食べさせたい気分だった。

二．リストの四ページ目のまんなかに、ミートボールのでっかいしみがのこっていた。

三．ジェシカ・ツヅリオタク・フィンチがそのしみをみたら、かんかんにおこりそう。

「お母さん、四ページ目にしみをつけちゃったみたいなんだけど、ジェシカに気づかれるかな？」

ジュディがいうと、スティンクがリストをつかみました。

「みせて。わー、これは気づかれちゃうよ。きたなすぎて、タイタニック号《ごう》といっしょに海にしずんだのかと思っちゃう」

「スティンク、やめなさい」とお父さん。

ジュディは、スティンクからリストをとりかえしました。ろうかをすたすた歩いて、七一一号室《ごうしつ》のドアの前に立ち、ラッキー・コインをこすりました。どうか、おこられませんように。ジェシカが四ページ目をめくらないでくれたら、ラッキーなんだけど。

ジュディは、ドアをノックしました。

「ルームサービスです！」

ジェシカがドアをあけました。ジェシカのお父さんとお母さんは、テレビをみています。ピージー・ウィージーは、ジェシカのベッドの上で丸くなってねています。

「はい、リスト」

ジュディはリストをさしだしました。リストはよれよれで、ついさっきまでなにかとたたかっていたみたいです。たとえば、ミートボールと。

ジェシカはページをめくりはじめました。まずい！

「四ページ目をちょっとよごしちゃったかも」

ジュディは、あわてていいました。

「どこが『ちょっと』なのよ。ページの半分が読めなくなってるじゃない。決勝《けっしょう》の単語《たんご》がこのしみにかくれてたら、どうしてくれるの？　これのせいで、ひとつもこたえられなくなることだってあるのよ。そしたら、わたしたちのクラスが負《ま》けたってことになる。わたしたちの学校が負《ま》けたってことになるんだから」

「ほんとに、ほんとに、ほんとーに、ごめん」

「どうしてなにもかもだいなしにしたいの？」

ジェシカは、ため息《いき》をつきました。

「わざとじゃないのに」

ジュディは、小さな声でいいました。

ジェシカは腕組《うでぐ》みをして、片方《かたほう》のつま先をカーペットにつきたてました。

ジュディの耳がかっとあつくなって、口がかわいてきました。

「もういいよ、信《しん》じてくれなくても。あたしをエマンシペイションして。それで満足《まんぞく》なら」

「え？」

「エマンシペイション。解放《かいほう》。自由《じゆう》にするってこと。これであたしは自由《じゆう》だからね。もうジェシカの練習相手《れんしゅうあいて》じゃないから。ジェシカも自由《じゆう》。やくびょう神《がみ》のあたしからはなれていいよ」

ジェシカは、ぽかんとしています。

「なにいってるの？　意味《いみ》がわからないんだけど」

「なら、つづりをおしえてあげる。E《イー》－M《エム》－A《エー》－N《エヌ》－C《シー》－I《アイ》－P《ピー》－A《エー》－T《ティー》－I《アイ》－

O《オー》－N《エヌ》。このことばをつかった文章《ぶんしょう》もつくってほしい？」

ジュディはそういいすてて、自分の部屋《へや》にさっさともどりました。

ミニブタ・シッター

つぎの朝、ジュディは、ホテルのドアののぞき穴《あな》からろうかをのぞきました。なにもみえません。きのうの夜、ついジェシカにおこってしまいましたが、あのあとむかいからきこえたのは、ドアがバタンとしまる音だけです。

ジュディは、折《お》りたたみ式《しき》のベッドのはしにこしかけました。どうせあたしは役立《やくた》たずな練習相手《れんしゅうあいて》ですよ、と思いました。いまごろジェシカには、ミニブタ・シッターとしても失格《しっかく》だと思われてるんだろうな。そんなことをかんがえながら頭をくしゃくしゃくしゃにしていると、髪《かみ》の毛《け》があちこちからまってしまいました。い

てて っ。

コン、コン！

ノックの音がしたとたん、ジュディはドアにとびつきました。

ジェシカです。それと、ひもにつながれたミニブタもいます！

「ピージー・ウィージー！」

ジュディは、ジェシカにまだおこっていたこともわすれて、ドアを広くあけました。それからしゃがんで、ピージー・ウィージーの耳をかきました。ピージー・ウィージーはカーペットのにおいをかいで、ぐるぐるまわり、しっぽをくるんと丸めました。

「ピージー・ウィージーだけでも、あたしに会えるのをよろこんでくれてよかった」

ジェシカは、髪《かみ》の毛《け》をブタのしっぽのようなポニーテールにしています。ピンクのスカートをはいて、ブタの絵と〈いつもいっしょ〉という文字がかかれた

Ｔ《ティー》シャツを着《き》ています。

「ジュディが、わたしからエマンシペイションされたいことはわかってるわ。でも、やっぱりこの子のめんどうはみてもらわないと」

「ジェシカこそ、あたしからエマンシペイションされたいんだと思ってた」

「されたいわよ。いまだってね。でも、やくそくしたし、だいいち、つづりバチの大会にブタをつれていくわけにはいかないでしょ」

ジェシカはじょうだんをいって、フフンとひとりでわらいました。

ジュディは、あんなに大会にでたいと思っていたのに、いまはピージー・ウィージーの世話《せわ》をしたくてたまりません。そこで、ひもを受《う》けとって、ピージー・ウィージーに話しかけました。

「おいで、ピージー・ウィージー。つづりバチ大会にいくより、ずっとおもしろいことをしようね」

ピージー・ウィージーは、ジュディのくしゃくしゃの髪《かみ》のにおいをかぎました。

スティンクもやってきて、ピージー・ウィージーの耳の下をかきました。

「ピージー・ウィージー、きのう、ぼくに会ったの、おぼえてる?」

「ふだんは短《みじか》くピージーってよんでるの。ちょっと待《ま》ってて」

ジェシカは、自分の部屋《へや》にかけもどりました。またあらわれたときには、ピージーのものを山のようにかかえていました。

「これは水を入れるお皿《さら》。かならず、くみたての水を飲《の》ませてね」

「チェック」とジュディ。

「遊《あそ》ぶときは、このボールをつかって。おなかがすいたときは、このペレットを食べさせてくれればいいわ。ビンキーっていう名前の、この子のお気に入りのぬいぐるみがあるんだけど、それはわすれてきちゃった。でも、お気に入りの毛布《もうふ》は持《も》ってきたから、お昼寝《ひるね》するときはそれをつかってね」

「チェック」

ジェシカは、ビーズがつまったまくらもジュディにわたしました。

「ピージーは、このまくらも好《す》きなの。この上にのって丸くなるのよ。それと、このブタ用シャンプーもおいていくわね。ピージーをおふろに入れることになるかもしれないから」

「ピージーのお気に入りの歌はないの？　たとえば『大好《だいす》きミートボール』とか」

ジュディは、からかうようにいいました。

「そうだ、わすれるところだったわ！」

ジェシカは、部屋《へや》をでていったかと思うと、ノートの紙を一枚《まい》ふりながらもどってきました。

「ピージーの好《す》きな歌は『コブタちゃん』よ。でも、ほかにも好《す》きなことばがいろいろあるから、これに書いておいたわ」

ジュディはスティンクのほうをむいて、「親ばか？」と声をださずにいいました。

ジェシカのお父さんとお母さんが、むかいの部屋《へや》からでてきました。お父さんがいいました。

「そろそろいくよ、ジェシカ。一時間後には大会がはじまるからね。ジュディ、あとはきみとスティンクにまかせてだいじょうぶかい？」

ジュディはうなずきました。

「はい、まかせてください」

ジュディのお父さんとお母さんもやってきました。

「ジェシカ、今日はがんばってね。あなたなら、きっとうまくやれるわ」とお母さん。

「三年T《ティー》組のみんなも、おうえんしているよ」とお父さん。

「ありがとうございます。幸運《こううん》をいのっていてください」

「コーフンをいのってるよ」とスティンク。

「それはやめて」とジェシカ。

「じゃあ、コーブタをまもってるよ」

ジュディは、自分のじょうだんにひとりでわらいました。

ジェシカはかがんで、もう一度《いちど》ピージーをぎゅっとだきしめました。それから、ふりかえってジュディにいいました。

「ピージーにおかしを食べさせないでね」

「トッド先生によろしくね！」ジュディもいいました。

「あ、それから、ピージーはテレビをこわがるんだけど、映画《えいが》の『ベイブ』だけはみてもだいじょうぶだから」

するとジュディのお母さんがいいました。

「ピージーのことは心配《しんぱい》しないで。ジュディとスティンクがちゃんとお世話《せわ》するから」

ジェシカたちがでかけると、ジュディはすぐにバンザイして、大声でいいました。

「さあ、コブタ・パーティーをしよう！」

「ふたりとも、ピージーをこの部屋《へや》からだすんじゃないぞ。お父さんとお母さんはバルコニーにいるから、なにかあったらよびなさい」とお父さん。

「わかった」とジュディ。

ピージーは、部屋《へや》のすみでふるえています。

「どうしたんだろう?」とスティンク。

「きっと、こわいんだよ」とジュディ。

ピージーは片方《かたほう》の目をつりあげて、ブーと鳴きました。そのとたん、ぷーんとくさいにおいがしました。

「ちょっと、スティンク!」

「ぼくじゃないよ。ピージーだよ。そういえば百科事典《ひゃっかじてん》の『ブ』のところに書いてあったけど、ブタは、おびえていると、くさいおならをすることがあるんだって」

ジュディは、まどをあけました。

「これじゃ、ブタっていうより、スカンクだね」

ジュディとスティンクは、むかいあわせに床《ゆか》にすわって、ボールをころがしはじめました。何分かすると、ピージーは落《お》ちついて、ふるえなくなりました。

「スティンク、ボールをピージーのほうにころがしてみて」

ピージーは耳をぴんと立てて、ボールを追《お》いかけはじめました。ボールはベッドの下にころがっていきました。

ピージーはボールを追《お》ってベッドの下にもぐり、反対《はんたい》がわからで

てきました。

ジュディはボールをひろい、横《よこ》にふってみせました。

「よくできました、ピージー。こういうときは、ごほうびにおやつをあげなきゃね」

「おなかすいてるかな？」とスティンク。

「ブタはいつだってすいてるよ」

スティンクは、ふくろからポテトチップスをだして、自分で食べはじめました。

ピージーははしゃいで、部屋《へや》をかけまわりました。

「スティンク！　ピージーにおかしはだめだよ。片《かた》づけて！　ピージーがすっかりコーフンしてるじゃない」

「おかしっていっても、ポテトだよ」

「そんなのはかんけいないの。ふくろのガサガサって音で、ピージーがコーフンするんだってば」

「ピージーが気になるのは、お姉ちゃんの荷物《にもつ》じゃない？」

たしかにピージーは、ジュディの水玉もようのハイソックスをくわえています。

「ピージー、返《かえ》して！　いたずらしないの」

「わっ、こんどはミニ冷《れい》ぞう庫《こ》をあけようとしてる！」とスティンク。

ジュディは受話器《じゅわき》を持《も》ちあげて、番号《ばんごう》をおしました。

「ルームサービスをおねがいできますか？　ブタが食べるものを持《も》ってきてほしいんですけど。はい……カッテージ・チーズ？　おいしそうですね。はい……ヨーグルト？　体によさそう。はい……ありがとうございます！」

注文《ちゅうもん》を終《お》えると、電話を切りました。

「そうだ、おやつがくるのを待《ま》ってるあいだに、ピージーをおふろに入れよう」

ジュディは、ぬるま湯《ゆ》をバスタブにためました。

「おつぎは、ボディソープをちょっと」

ボディソープを入れたお湯《ゆ》をかきまぜて、あわのおふろにします。

「そして、ピージーを入れる」

ピージーはおふろに入れられると、足をバタバタさせたり、お湯《ゆ》をはねとばしたり、ぴょんぴょんとびはねたりしました。

「みて！　気に入ったみたい」とジュディ。

「アヒルのおもちゃがなくてざんねん。ブタのおもちゃでもよかったのに」

「スティンク、ブタ用シャンプーをピージーにかけて。あたしが洗《あら》うから」

スティンクは、すぐにシャンプーを持《も》ってきました。

「ゴシゴシ　ピージー　楽しいな～」

ジュディが洗《あら》いながらうたうと、ピージーはブヒーと鳴きました。

「ピージーが好《す》きなのは、べつの歌でしょ」とスティンク。

「このコブタちゃんはＤＣ《ディーシー》へ～」

ジュディは歌をかえて、ピージーの体についたあわを洗《あら》いながしました。

「ほうら、ぴっかぴか」

そのあと、おふろからだそうとしましたが、なかなかだすことができません。ぬれていて、つるつるすべるうえに、ピージーがひっきりなしに動《うご》くからです。

「手伝《てつだ》ってよ、スティンク。タオルを持《も》ってきて。ピージーったら、めちゃくちゃすべる」

スティンクはタオルを広げて、ピージーを待《ま》ちかまえました。ジュディは、もう一度《いちど》ピージーを持《も》ちあげました。ピージーはくねくねして、ちっともじっとしていません。

「もうっ、ピージー、じっとしてて!」

ピージーは、スティンクのタオルにくるまれる前に、ジュディの腕《うで》からとびだしてしまいま

した。

そして、おふろ場から部屋《へや》へ、ドアへ、ろうかへと走っていきました。

「ちょっと、だれ？　ドアをあけっぱなしにしたのは！」

ジュディはさけんで、ピージーを追《お》いかけました。スティンクは、タオルを持《も》ったままジュディを追《お》いかけました。ピージーはブヒブヒいって、かべにぶつかりながらにげていきます。

ふたりは、ピージーのあとからおしゃれなカーペットの上を走り、サクラの絵や、ティアラをかぶった三毛ネコのわきを通りすぎました。その先には、「出口」と書かれた大きな赤い字が

みえました。

「ピージー・ウィージー！　もどってきて！」

ジュディはさけびました。

チン！　とつぜん、ベルの音がしました。まずい！　エレベーターだ！

「スティンク、早くつかまえないと、エレベーターに——ピージー、だめーっ！」

ピージーはエレベーターに乗《の》ってしまいました！

ガーッ！　ドアがぴったりしまりました。ピージーがエレベーターで運《はこ》ばれていきます。

「スティンク！　なんでタオルでしっかりつかんでくれなかったの？」

「つかめるわけないよ。ぬれてて、つるつるなんだから。それに、すばしっこいし。お父さんとお母さんに知らせたほうがいいよ」

「知らせるよ。ブタが空をとんだらね！」

「いま知らせれば、ホテルのブタ注意報《ちゅういほう》かなんかを鳴らしてくれるかもしれないよ」

「まさか！」

ジュディは、エレベーターのドアの上にある数字をみました。どんどんあがっていくのがわかります。

「いこう、スティンク。ピージーは上の階《かい》にいったよ。早くつかまえないと――」

そのとき、スティンクが指《ゆび》さしました。

「こんどはおりてきたよ！　このままロビーまでさがるんじゃない？」

「そうだ、階段《かいだん》をつかおう！」

ジュディとスティンクは、ろうかのドアをおしあけて階段《かいだん》にでました。七階《かい》から六階《かい》、五階《かい》、四階《かい》、三階《がい》、二階《かい》とかけおりていきます。

一階《かい》に着《つ》くと、ジュディは前かがみになって、ハーハーと息《いき》をととのえました。

「なんで七階《かい》の部屋《へや》なんかにしたんだろ」

「お姉ちゃんがラッキー・セブンっていったからだよ」

「これで、アンラッキー・セブンだってわかったね」

ふたりはドアをあけて、ろうかにでると、角を曲《ま》がってロビーに入りました。

ロビーはからっぽでした。ブタなんて一ぴきもいません。エレベーターのドアもしまっています。

ピージーは、かげもかたちも、しっぽの先さえもありませんでした。

ピージーのぼうけん

「ピージーがいない！　どうしよう？」

ジュディは、自分のどこがラッキーなんだろうと思いました。よりによって、ピージーがいなくなってしまったのですから。

「ほかの階《かい》にいったのかも」

スティンクがいいました。

そのとき、チン！　エレベーターのドアがあきました。ジュディとスティンクが走っていって、なかをのぞくと、バスローブとスリッパすがたのお兄さんがでてきました。

ジュディは、お兄さんにききました。

「すみません、ブタをみませんでしたか？　このくらいの大きさで、ピンクで、しっぽに黒い点があって、ピージー・ウィージーかピージーってよぶと、近づいてくるんですけど」

「いやあ、このエレベーターでは、みなかったなあ」

お兄さんはプールのほうへいきました。

チン！　べつのエレベーターがおりてきました。でも、あらわれたのは、かさを持《も》った白髪《しらが》まじりのおばあさんだけです。

「ピージーはこのへんにいるはずだよ。スティンク、ブタの気持《きも》ちになってかんがえて」

「おなかすいた」

「いまはそれどころじゃないでしょ」

「だって、お姉ちゃんがいったんじゃないか。ブタの気持《きも》ちでかんがえろ、ブタはいつもはらぺこだって。おーい、マルコー」

スティンクは、両手《りょうて》で口をかこんでよびかけました。

「ブーヒー」ジュディがこたえました。

「そこは『ポーロ』っていわなきゃ」

「あのね、スティンク、ブタは『ポーロ』なんていわないと思うよ。そもそもピージーは、あいことばに返事《へんじ》をしてくれるスマホじゃないし」

「あ、そうか」

ジュディは、がっくりと床《ゆか》にすわりました。こんなことをしてもむだです。ラッキー・コインの力はすっかり消《き》えてしまったにちがいありません。やはり運《うん》がつきたのです。コインがもたらしてくれるのは、もうラッキーではなく、アンラッキーのようです。

「ねえ、スティンク、自分が大きなホテルに泊《と》まってるブタだったら、どこにいく?」

「ブタ小屋《ごや》?」

「まじめに」

「うーん、台車かなにかに乗《の》って、プールまで運《はこ》んでもらって、とびこみ台にのぼって——」

「本気で空をとぶ気?」

ちょっと待《ま》って。空? ジュディは顔をあげました。そうだ、ガラスのエレベーター!

「スティンク、ついてきて!」

ジュディとスティンクは、ロビーのちょうどまんなかへいきました。そして、おしゃれなガラスのエレベーターをずっと上のほうまでみあげました。

「あそこにいるの、そうかな?」とスティンク。

みえたのは、イグアナのイギーではありません。チンチラでも、ウンパ・ルンパ人でもありません。ガラスのエレベーターのなかで走りまわっている、ミニブタです！

「ピージー！」

ジュディはさけんで、早くおりてきて！　とねがいました。

「このエレベーター、なんでこんなにゆっくりなの？」

チン！　とうとうエレベーターがロビーまでおりてきて、ドアがひらきました。

ピージーは、自分のしっぽをばたばたと追《お》いかけています。

「ドアをおさえてて」

ジュディはスティンクにいってから、ピージーにやさしく話しかけました。

「いたずらっ子はどこかな？　ほうら、みつけた。こっちにおいで。ポッポッポー」

「それじゃ、ハトだよ」

そのとき、ピージーがエレベーターからとびだしてきて、ジュディとスティンクの前をかけぬけました。ブヒ、ブヒ、ブヒー！　声をあげたり鼻《はな》を鳴らしたり

しながら、つるつるすべるロビーの床《ゆか》の上を走り、鉢植《はちう》えの木のところまでいって、土のにおいをかいでいます。

「そうか、土が恋《こい》しかったんだ!」とスティンク。

クシュン! ピージーは、くしゃみをして、耳をぶるぶるっとさせると、こんどはロビーのふんすい池のまわりを走りだしました。

「ピージー、だめ!」

ジュディがさけびましたが、おそすぎました。バッシャーン! ピージーは、ふんすい池にとびこんでしまいました。

「タオルをちょうだい」

ジュディは、スティンクからタオルを受《う》けとりました。

「あたしがうしろからそっと近づいて、つかまえるから」

そして、ぬき足、さし足……バサッ!

「つかまえた!」

ジュディは、タオルごとピージーを持《も》ちあげて、顔をすりよせました。

「だめでしょ、ピージー。せっかくおふろに入ったのに。わるい子」

ジュディとスティンクとピージーは、エレベーターに乗《の》りこみました。スティンクが七のボタンをおして、「上へまいりまーす」といいました。

ジュディはピージーを正面《しょうめん》にかかげ、鼻《はな》をこすりあわせました。

「すごく心配《しんぱい》したんだからね。ほんとだよ。はい、チューして！」

部屋《へや》にもどると、お父さんが、おくのほうから顔をだしました。

「どこにいってたんだい？」

「えーと、ピージーをエレベーターに乗《の》せてたの。それだけ」とジュディ。

「つぎから、部屋《へや》をでるときは先に知らせてね、ふたりとも」とお母さん。

「それと、このカッテージ・チーズをたのんだかい？」とお父さん。

「うん。ピージー用に」

ジュディがこたえたときには、ピージーはもうがつがつ食べていました。

「わかったわ。お母さんは、これからちょっとルーおばあちゃんに電話するわね。なにかあったら、よぶのよ」

ピージーは、ボウルに入ったチーズをいくつも食べおえると、ベッドにとびのり、自分のまくらの上で丸くなりました。ジュディは、青いサルのぬいぐるみにぴったりよりそっているピージーに、お気に入りの毛布《もうふ》をかけてあげました。そして、小さな声でうたいました。

「このコブタちゃんはエレベーターへ～」

スティンクがテレビをつけました。そのとたん、ピージーは耳の先までぶるぶるふるえて、あとずさりました。

「スティンク！　テレビのせいで、ピージーがこわがってるでしょ。せっかく落《お》ちついたところだったのに」

「あ、ごめん」

スティンクは音を消《け》して、チャンネルをかえました。

「ねえ、ピージー、ジェシカが帰ってきても、あたしたちのこと、いいつけないでね。エレベーターに乗《の》ったことは、ないしょだよ。あたしたちだけのひみつだからね。はい、やくそくのあくしゅ」

ジュディはささやいて、ピージーの右の前足をそっとふりました。

「お姉ちゃん、みて！　ピージーの好《す》きな『ベイブ』のつづきをやってる。『ベイブ　都会《とかい》へ行く』だって！」

「ピージーはラッキーなコブタちゃんだね」

ジュディは、ピージーといっしょに、ベイブというブタが主人公《しゅじんこう》の映画《えいが》をみはじめました。スティンクはテレビのボリュームをあげました。

ジュディはピージーにせつめいしました。

「農場《のうじょう》のホゲットさんが、けがをしちゃって、ベイブが農場《のうじょう》をなんとかしなきゃいけなくなるんだよ」

ジュディとスティンクは、わらいながらピージーと映画《えいが》を楽しみました。

「ほら、ベイブもホテルに泊《と》まってる。ピージーみたいでしょ」

とジュディ。

「ブー」とピージー。

「なんだかねむそう」とスティンク。

「いろいろあったもん。まさに『ピージー　都会《とかい》へ行く』だね」

すてきなプレゼント

グー。とうとうピージーがいねむりをはじめました。やった！

「ふう。うまくいったね。もうぐっすりだよ。ねてるピージー、すごくかわいくない？」とジュディ。

「目が動《うご》いてる。きっとゆめをみてるんだ」とスティンク。

「カッテージ・チーズがおどってるゆめかも」

「エレベーターのゆめかも」

「しーっ！」

ジュディは人《ひと》さし指《ゆび》を口にあてました。ジェシカがドアのすぐ外に立っているかもしれません。もうすぐ四時。ということは、そろそろ帰ってくるはずです。

「それに乗《の》ったことは、いっちゃだめだからね」

コン、コン！

ジュディはとびあがって、ドアをあけました。やっぱりジェシカです。つづりバチ大会の選手《せんしゅ》らしく、顔にハチの絵をペイントしています。

「おかえり。大会はどうだった――」

ジュディがいいかけましたが、ジェシカはさっさとピージーにかけよりました。

「起《お》こさないでよ。ねかせたばっかりなんだから」

そういったときには、おそすぎました。ジェシカはもうピージーを持《も》ちあげて、だきしめたりキスしたりしていました。

「ピージー！　会いたかったわ」

「ピージーウィージー！」

ピージーはそんなふうに鳴いて、しっぽをくるんとさせました。

「ああ、ピージーもわたしに会いたかったのね？」とジェシカ。

そのうしろから、ジェシカのお父さんとお母さんが顔をだして、部屋《へや》のなかをのぞきました。ジュディたちの部屋《へや》は、すっかりちらかっていました。ぬぎすてたくつやくつ下、カッテージ・チーズが入っていたボウル、トレイなどが、ベッドにも床《ゆか》にもちらばっています。

「なにがあったんだい？」ジェシカのお父さんがききました。

「まるでブタ小屋《ごや》ね！」ジェシカが、じょうだんめかしていいました。

「そりゃそうだよ」とジュディ。「自分のペットなんだから、どうしてこうなったか、わかるでしょ」

「たしかにそうよね」とジェシカのお母さん。

ジュディのお父さんとお母さんも、さわぎをききつけて、おくの部屋《へや》からでてきました。

「子どもたちはピージーととても楽しくすごしていましたよ」とお父さん。

「ピージーをおふろに入れたんだ」とスティンク。

「チューのしかたもおしえたしね」とジュディ。

「部屋《へや》からにげだしたり、エレベーターに乗《の》ったりはしなかったよ」とスティンク。

ジュディはスティンクをにらみ、「よけいなことを」とつぶやきました。そして、ぱっと話題《わだい》を変《か》えました。

「それより、ジェシカ、大会はどうだったの？」

「よかったわよ」

「よかった？　それだけ？」

ジュディは、うたがうように、ジェシカの目の前で人《ひと》さし指《ゆび》をふりました。

「ははーん、そういうことか。べつにいいんだよ、負《ま》けたって」

「うん。でも、じつは……勝《か》ったの」

D.C.
DC
ガイドブック
マクマートリー
ブタ用
ペレット

「勝《か》った？　優勝《ゆうしょう》したってこと？　三年生全員《ぜんいん》を負《ま》かしたわけ？　あのサンジェイも？　バージニア・デア小学校の三年T《ティー》組が、トロフィーを持《も》ちかえれるの？」

ジュディがきくと、ジェシカはうなずきました。

「だからいったでしょ、ジェシカは勝《か》つって。単語《たんご》リストがどうにかなったってね！」

「いやあ、うれしいよ。うちの子が優勝《ゆうしょう》するとは」とジェシカのお父さん。

「じまんのむすめだわ」とジェシカのお母さん。

「おめでとう、ジェシカ！」とジュディのお母さん。

「よくがんばったね！」とジュディのお父さん。

「トロフィーは？」とスティンク。

「でも、だったらなんで、いいにくそうにしてたの？」とジュディ。

「べつに、いいにくそうになんてしてないわよ」とジェシカ。

「してたよ。ほんとだったら、おおよろこびで部屋《へや》をかけまわって、『勝《か》った、勝《か》った！』ってさけんで、ベッドの上でとびはねたっておかしくないのに」

「たしかにそうね。よかったら、なにもかも話してくれない？」とジュディのお母さん。

「えーと、最初《さいしょ》の単語《たんご》は〈ナイト〉と〈ムービー〉でした」

「かんたんすぎ。ジェシカにはだけど」とジュディ。

「そのあとだんだんむずかしくなって、〈アンビリーバブル〉っていわれたときには、胃《い》がひっくりかえりそうになりました」

「信《しん》じられなーい」

スティンクがいうと、みんなわらいました。

「最後《さいご》には、わたしとサンジェイだけになりました。わたし、きっとサンジェイが勝《か》つだろうって思ったんです。きんちょうしすぎて、真冬《まふゆ》かと思うくらい、歯《は》がガチガチ鳴っていたから」

「なんていう単語《たんご》で勝《か》ったの？」とジュディ。

「タイタニック?」とスティンク。

「ピザ・テーブル?」とジュディ。「そうだ、きっとピザ・テーブルだ」

「プレジデント?」とスティンク。「あ、もしかしてモンスター・キャンディ?

そうなんじゃない?」

ジェシカはただ肩《かた》をすくめました。

ジェシカのお父さんがいいました。

「リストにのっていない単語《たんご》だったから、お母さんと心配《しんぱい》したよ」

ジェシカのお母さんもいいました。

「どうしてあんな単語《たんご》を知っていたのか、いまだになぞだわ」

ジェシカは、そんなお父さんとお母さんをかわるがわるみました。ブタのしっぽのようなポニーテールが、ぽんぽんはずみます。

「さあ、なんていう単語《たんご》だったか、みんなにおしえてあげなさい」とジェシカのお母さん。

ジェシカは、くつのつま先をカーペットにトンと立てて、とても小さな声でいいました。

きいたとたん、ジュディははっとしました。

「え、ほんとに？　ちょっと、もう一回いって」

ジェシカは、さっきより少し大きな声でいいました。

「エマンシペイション。きこえた？　これで満足《まんぞく》？　最後《さいご》の単語《たんご》は、エマンシペイションだったの！」

「エマンシペイション！」

ジュディはさけんで、思わずわらいました。

スティンクは、すぐにリンカーン大統領《だいとうりょう》のフィギュアを持《も》ってきました。

「ねえねえ、そのことばなら、ぼくが二番目に好《す》きな大統領《だいとうりょう》のフィギュアに書いてあるよ。これ、きのう買ったんだ」

「いっしょ、いっしょ！」とジュディ。「ジェシカがいったつづりが、〈うまいポテト〉なんかじゃなくてよかった」

「すごいぐうぜんだな」とジュディのお父さん。

「それこそ、アンビリーバブル、信《しん》じられなーい、だよ。ワオ！」とジュディ。

「きっと幸運《こううん》の海に乗《の》ってるんだよ。お姉ちゃんみたいに」とスティンク。

「海じゃなくて波《なみ》。幸運《こううん》の波《なみ》でしょ」とジュディ。

「ねえ、ぼくのフィギュアをみて、つづりがわかったの？　優勝《ゆうしょう》は、ぼくのおかげ？」

「ほんというと、ジュディのおかげな

の」とジェシカ。

「たしかにあたし、いったもんね。ジェシカなら四年生でならう単語《たんご》のつづりだっていえるって。もしかすると、辞書《じしょ》にのってるぜんぶの単語《たんご》のつづりをいえちゃうかも」

「ありがとう。あのときはごめんね」

「どのとき？」

「だから、大会のことが心配《しんぱい》で、いらいらしてたとき――」

「べつにいいよ、っていうか、こっちこそごめん。ミートボールを落《お》として、リストにしみをつけて、だいじな単語《たんご》をみえなくしちゃって」

「そういえば、〈ミートボール〉も大会で出題《しゅつだい》されたのよ！」

「ほんと？　すごーい！」

そのとき、ジュディのお父さんがいいました。

「ようし、みんなで町へくりだして、〈ピタンゴ〉のアイスでかんぱいしようじゃないか。どうだい？」

「ついでに、〈オールド・ポスト・オフィス〉にいこうよ」とジュディ。「そこの時計台にのぼると、町が遠くまでみえるんだって」

「その時計台からみるワシントンＤＣ《ディーシー》の景色《けしき》は、すばらしいって書いてあったわ」とジュディのお母さん。

「ぜひ！」

ジェシカのお父さんとお母さんがうなずきました。

「アイスならピージーも好《す》きよ」とジェシカ。

「ぼくもわたしも　ピージーも　みんな大好《だいす》き　アイスクリーム～」

スティンクが先頭に立って、うたいながら出発《しゅっぱつ》しました。


つぎの朝、帰る時間になると、モード家のみんなとフィンチ家のみんなは、ホテルの前で長ながとおわかれのあいさつをしました。たいくつ！

ようやくフィンチ家の車が走りだすと、ジュディは道にでるところまで追《お》いかけて、手をふったり、ピージーに投《な》げキッスをしたりしました。

そして車がみえなくなると、ラッキー・コインに新しいねがいごとをしようと、ポケットに手を入れました。

あれ？　コインがない！

もっと深《ふか》く手を入れて、あちこちさぐりましたが、あったのは糸くずだけです。

ジュディは、ほかのポケットもぜんぶ二回ずつたしかめました。

それから、くるくるまわって、近くをあちこちみました。足もとのコンクリートのひびや、くつのなかまでさがしました。

がっかり。ラッキー・コインは、どこにもありません。

最後《さいご》にもう一度《いちど》だけポケットをたしかめると、あるものがみつかりました。

穴《あな》です！

ジュディのラッキー・コインは、いつのまにか穴《あな》から落《お》ち、エマンシペイションされて、自由《じゆう》になっていたようです。

ラッキー・コインをなくしたら、アンラッキーになるのかな？　もう二度《にど》とラッキーになれなかったら、どうしよう？

とつぜん、交差点《こうさてん》のあたりに、ぴかぴか光るものがみえました。パトカーが二台とまって、ほかの車をとめています。

ジュディは道の先に目をこら

して、パトカーのライトがぴかぴかしているほうをみました。

あれはまさか……。ほんとに？　みまちがいじゃないよね？　うそっ！

「ちょっと、みんな！」

ジュディは、ホテルの前にいる家族《かぞく》にむかってさけびました。いそいで車にもどって、まどをたたき、なかにいるお母さんとスティンクをよびました。お父さんは車のトランクに頭をつっこんで、荷物《にもつ》をおしこもうとしています。

「いる！　ほんもの！　みた？　ねえ、みた？」

ジュディは、ぴょんぴょんとびはねながら、道のほうを指《ゆび》さしました。

「だれがいるの？」

車からでてきたスティンクが、ベンチの上に立って道の先をみました。

「黒い車の列《れつ》しかみえないけど」

「護衛《ごえい》の車だよ。いたんだって、プレゼント……じゃなくて、プレジデントが！

ジョギングしながら、あの交差点《こうさてん》をわたってた。ほんとだよ！」

ワシント

「大統領《だいとうりょう》のおつきの車のようだね」とお父さん。

「大統領《だいとうりょう》がきっと運動《うんどう》しにきたのね」とお母さん。

「えー、ぼくもみたかった！　お姉ちゃんだけほんものの大統領《だいとうりょう》をみるなんて、ずるいよ。ラッキーすぎる」

「そんなこと――」

ジュディはいいかえそうとしました。ラッキー・コインをなくしていたからです。

けど、待《ま》って。ラッキー・コインがなくても、ラッキーなことが起《お》こってる。やったー！


車が出発《しゅっぱつ》すると、ジュディはうしろのまどからワシントン記念塔《きねんとう》をみつめました。塔《とう》はやがて小さな点になって、地平線《ちへいせん》のかなたへ消《き》えていきました。

ジュディは、だいすきシティ、のワシントンＤＣ《ディーシー》にさようならと手をふりました。

ジュディ・モードは、まちがいなくラッキー・モードでした。ミニブタとぼうけんして、三年Ｔ《ティー》組に優勝《ゆうしょう》をもたらして、ジェシカ・フィンチとほんとうの友だちになれたのですから。

それに、プレゼントももらえました。プレジデントをみるというプレゼントを！

訳《やく》者《しゃ》あとがき

みなさんは、自分に幸運《こううん》をもたらしてくれるラッキー・アイテムをなにか持《も》っていますか？

ジュディは、ルーおばあちゃんと公園へいったとき、ラッキー・アイテムを手に入れました。〈ペニー・マシン〉とよばれる機械《きかい》に一セント玉を入れて、記念《きねん》コインにつくりかえたら、そこに四《よ》つ葉《ば》のクローバーの絵や〈ラッキー・コイン〉という文字がかいてあったのです。

それからというもの、つぎつぎにいいことが起《お》こり、ジュディはまさにラッキー・

モードに突入《とつにゅう》します。シリアルのなかにめずらしいマシュマロが入っていたり、クレーンゲームでぬいぐるみをゲットしたり、ボウリングでストライクをだしたり……。

はたして、ジュディの幸運《こううん》はいつまでつづくのでしょうか？　幸運《こううん》の波《なみ》は、ほんとうにラッキー・コインのおかげなのでしょうか？

この第《だい》十一巻《かん》の読みどころは、「幸運《こううん》」以外《いがい》にもいろいろあります。アメリカで〈スペリング・ビー〉とよばれる、〈単語《たんご》つづりバチ大会〉もそのひとつです。第《だい》二巻《かん》にもでてきて、やはり優等生《ゆうとうせい》のジェシカが〈女王バチ〉になっていましたが、英単語《えいたんご》のつづり（スペル）をいかに正しくいえるかが勝負《しょうぶ》。全国大会《ぜんこく》ともなると、おとなも知らないような単語《たんご》のつづりを子どもたちがすらすらこたえ、そのようすがテレビ中継《ちゅうけい》されます。二〇一〇年からは日本大会もおこなわれ、代表《だいひょう》者《しゃ》がアメリカの全国《ぜんこく》大会に出場できるようになりました。

またこの巻《かん》では、ワシントンＤＣ《ディーシー》についてもくわしくしょうかいされています。ワシントンＤＣ《ディーシー》はアメリカの首都《しゅと》で、スペリング・ビーの全国《ぜんこく》大会がひらかれる場所《ばしょ》でもあります。〈ＤＣ《ディーシー》〉は、〈だいなしー〉でも〈だいすきシティ〉でもなく、じつは〈ディストリクト・オブ・コロンビア（コロンビア特別区《とくべつく》）〉のことなのですが、日本ではその部分《ぶぶん》を省略《しょうりゃく》して、たんに〈ワシントン市〉などとよぶことが多いようです。議会議事堂《ぎかいぎじどう》、最高裁判所《さいこうさいばんしょ》、ホワイトハウス、ワシントン記念塔《きねんとう》、スミソニアン博物館群《はくぶつかんぐん》（自然史《しぜんし》博物館《はくぶつかん》や歴史《れきし》博物《はくぶつ》館《かん》）、ナショナル・ギャラリーなどがあり、アメリカの政治《せいじ》の中心地であるだけでなく、人気の観光地《かんこうち》にもなっています。

　ジェシカのペットのミニブタ、初登場《はつとうじょう》のピージー・ウィージーも、物語《ものがたり》をいっそう楽しくしてくれています。ジェシカはもともとブタが好《す》きで、第《だい》二巻《かん》でも自分の部屋《へや》にあるブタのぬいぐるみ、ブタの貯金箱《ちょきんばこ》、ブタのマットなどをひろうしていました。今回、たんじょう日のプレゼントとして、とうとうほんもののブタを手に入れたので、きっととてもうれしかったにちがいありません。ジュディもスティンクも、かわいいピージー・ウィージーにすっかりむちゅうになったようです。物語《ものがたり》のなかにでてくる『ベイブ』『ベイブ　都会《とかい》へ行く』は、じっさいにある映画《えいが》ですので、きょうみのある人はぜひどうぞ。ピージー・ウィージーに負《ま》けないくらいかわいいコブタのベイブが、いろんな動物《どうぶつ》たちと大活躍《だいかつやく》する、はらはらどきどきのお話です。

そういえばこの巻《かん》では、ピージー・ウィージーだけでなく、ルーおばあちゃんも初登場《はっとうじょう》でした。第《だい》一巻《かん》からずっと名前だけでていたので、どんな人なんだろうと思っていたのですが、ジュディといっしょにローラースケートをするなんて、とても元気なおばあちゃんですね。これからもときどきあらわれて、なにかおもしろいことをしてくれたらうれしいなあと思います。

ジュディとジェシカがけんかをしてしまうところは、ちょっとむねがいたみましたが、最後《さいご》にはなかよくなれたようでよかったです。じつはジュディにとっては、それがいちばんラッキーなことだったかもしれませんね。

この本がラッキー・ブックになって、読んだみなさんにもなにかラッキーなことが起《お》こりますように！

二〇一七年八月

宮坂宏美《みやさかひろみ》

メーガン・マクドナルド
Megan McDonald

アメリカ生まれ、カリフォルニア州在住。大学で児童文学を学んだ後、書店、図書館、学校などに勤務。現在は児童文学作家として活躍。これまでに絵本や読み物などを多数出版している。本シリーズ１作目『ジュディ・モードはごきげんななめ』が産経児童出版文化賞推薦となる。

ピーター・レイノルズ
Peter Reynolds

カナダ生まれ、マサチューセッツ州在住。小さい頃から物語やマンガをかいて育つ。イラストを担当した作品に『ちいさなあなたへ』（主婦の友社）、絵本に『てん』（あすなろ書房）、『こころのおと』（主婦の友社）、『ぼくはここにいる』（小峰書店）などがある。

宮坂宏美
みやさか ひろみ

弘前大学人文学部卒業。会社勤務の後、翻訳をはじめる。主な翻訳書に『ランプの精リトル・ジーニー』シリーズ（ポプラ社）、『ゆうれい作家はおおいそがし』シリーズ（ほるぷ出版）、『ノエル先生としあわせのクーポン』（講談社）などがある。宮城県出身、東京都在住。

ジュディ・モードとなかまたち＊11

ジュディ・モード、ラッキーになる！

2017年10月17日　第1刷発行
2018年11月15日　第2刷発行

作者　メーガン・マクドナルド
画家　ピーター・レイノルズ
訳者　宮坂宏美
発行者　小峰広一郎
発行所　株式会社小峰書店
〒162-0066　東京都新宿区市谷台町4-15
電話　03-3357-3521　FAX　03-3357-1027
https://www.komineshoten.co.jp/

装丁・描き文字　木下容美子
組版・印刷　株式会社三秀舎
製本　小高製本工業株式会社

ISBN978-4-338-20311-1　NDC933　169p　19cm